SAR PELADAN

THÉATRE DE LA ROSE + CROIX

LE PRINCE DE BYZANCE

DRAME ROMANESQUE EN CINQ ACTES

PARIS
CHAMUEL, ÉDITEUR
79, RUE DU FAUBOURG POISSONNIÈRE
(Près la rue Lafayette)

1896

LE PRINCE DE BYSANCE

SAR PELADAN

THÉATRE DE LA ROSE † CROIX

LE PRINCE DE BYZANCE

DRAME ROMANESQUE EN CINQ ACTES

PARIS
CHAMUEL, EDITEUR
79, RUE DU FAUBOURG POISSONNIÈRE
(Près la rue Lafayette).

1896

LE PRINCE DE BYSANCE

L'action a lieu à l'époque abstraite de la Renaissance.

Au I et V actes, au couvent de St-Giorgio, à Lecce
Au II et III id. au Palais de Tarente.
Au IV id. dans une clairière d'Apulie.

PERSONNAGES

GIORGIO CAVALCANTI, condottière à la solde de Frédéric de Sicile.
FRÉDÉRIC, roi de Sicile.
LE PRIEUR.
UN CAPUCIN.
LE PROVÉDITEUR, marquis BUODELMONTE.
GIACOMO, sergent d'armes.
TONIO d'abord frère dominicain, puis prince héréditaire de Tarente, enfin et réellement princesse ANTONIA TARRAS.
GIOVANNA, marquise Buodelmonte.
Moines dominicains, notables d'Apulie, voix du peuple, foule, rei et lansquenets, pages.

THÉATRE DE LA ROSE † CROIX

LE

PRINCE DE BYZANCE

DRAME ROMANESQUE EN CINQ ACTES

PREMIER ACTE

La Scène représente le parloir du monastère dominicain de San Giorgio, à Lecce (Apulie). Porte au fond ouverte. Second plan : à gauche prie-Dieu et statue de saint George — à droite fenestrelle. — Premier plan, portes à droite et à gauche ; table et escabeaux.

Le rideau se lève sur la scène vide.

CHŒUR DOMINICAIN *(dans la coulisse avec orgue d'accompagnement).*

SCÈNE I

UNE VOIX DE SOPRANO — LE PRIEUR

Mane nobiscum, Domine,
Et nos illustra, lumine.
Mentem replens dulcedine.

(Le Prieur paraît sur le seuil et s'y arrête pour écouter.)

VOIX DE SOPRANO *(dans la coulisse sans accompagnement)*.

Jesu, rex admirabilis,
Et triumphator nobilis.
Dulcedo ineffabilis
Totus desiderabilis !

LE PRIEUR *(descendant en scène)*.

Elle a la voix d'un ange du Fiesole ! Mais son cœur de vierge aimante apparaît sous la sévérité latine. Ses lèvres dénaturent la prose liturgique, qui devient un appel à l'amour.

UNE VOIX DE SOPRANO *(dans la coulisse)*.

Jesu, flos Matris virginis,
Amor nostræ dulcedinis,
Tibi laus, honor nominis
Regnum beatitudinis.

LE PRIEUR *(tout à fait en scène)*.

Je comprends que nos pères troublés en confession s'accusent d'avoir rêvé de frère Tonio !

Quand ils parlent de lui, c'est une adoration... Le *fratre*, le *fratrellino*, le *fratrelletino* ! Moi-même je laisse la règle plier devant sa grâce.

Au reproche, elle pleure ; et le couvent entier, alors se désespère !......

Sur ce sol d'Italie, les racines païennes sont vivaces encor...... Nos Pères voient en lui un ange protecteur, le génie du moustier !

UNE VOIX DE SOPRANO *(dans la coulisse).*

Jesu, decus angelicum,
In aure, dulce canticum,
In ore, mel mirificum,
In corde, nectar cœlicum.

(La porte du fond se referme).

LE PRIEUR

Seigneur! vous avez fait des beautés de la femme, un soleil pour le cœur, de l'homme militant. Nous, les contemplatifs, déserteurs de l'action ne devons ressentir d'autre chaleur à l'âme, que le rayonnement de la divine hostie, soleil de notre foi! *(Il s'assied dans la cathèdre).*

Saint-Esprit, inspirez le Prieur qui cherche son devoir! Chaque jour *Tonia* perce dans *Tonio.*

Dix ans déjà passés, Frédéric de Sicile m'amena lui-même une enfant.

« Prieur, dit-il, je te confie le Prince de Tarente. »

— Je m'écriai: « Tarras, duc d'Apulie, l'assassiné d'hier et dernier de sa race, ne laisse qu'une fille! »

— « Prieur, reprit le Roi, il me faut l'Apulie sans conquête et sans crime. A quinze ans, ce prince régnera sous mes ordres. Jusque-là, il me le faut cacher.

— Je dis « non ». Et lui:

— « La princesse me gêne et le Prince me sert: tu sais le sort de qui me gêne! »

Instinctive et charmante, l'enfant tendit vers moi ses petits bras et balbutia: « Père ».

Depuis, le froc des fils de Dominique enveloppa la vierge,

sans retenir le pollen séducteur, sans éteindre l'éclat du nimbe sexuel.

Les pouvoirs des Régents expirent aujourd'hui. Frédéric n'oublie rien ! S'il oubliait, que faire?

SCÈNE II

LE PRIEUR et TONIO

Le Prieur toujours assis dans la cathèdre, Tonio (Antonia) en froc dominicain sans scapulaire, une rose à la main, entre d'un pas vif et sautant et s'arrête à la vue du Prieur.

LE PRIEUR

Pourquoi, viens-tu toujours, enfant, en ce parloir?

TONIO

C'est plus près du dehors.

LE PRIEUR

Es-tu donc malheureux au moustier?

TONIO *(chattement, mais sincère).*

O mon Père...... écoutez..... vous qui êtes savant, vous devez me comprendre..... Je vous vénère..... ; vous m'aimez tant !

Eh ! tout le monde m'aime !

L'autre jour, je me suis pris le doigt dans la corde de mon cerf-volant... et j'ai crié de peur plus que de mal...

Si vous les aviez vu accourir, ces bons Pères, empressés et si pâles...

Et quand je fus malade! comme ils se remplaçaient l'un l'autre à mon chevet; me contant de belles histoires.

Vous ne me quittiez pas... O Prieur presque père.. Je ne suis pas ingrat... Oh non!... Mais.....

LE PRIEUR

Mais... enfant.

TONIO

Je m'ennuie! Malgré votre bonté, en dépit de la tendresse qui m'entoure, je me sens appelé vers une vie bien autre... Pourquoi donc suis-je ici? Je n'y fus pas toujours. Je me souviens et j'évoque parfois une salle brillante; une blanche statue tient un drapeau de pourpre, le long des murs dorés et peints, de grands portraits qui me regardent comme vivants.

Sur ma robe d'enfant des pierreries luisaient; on s'inclinait pour me parler... Oh! les revoyant ces murs, je les reconnaîtrais. Une nuit, des clameurs... des torches agitées, un cliquetis d'épée *(un silence, puis brusquement)*. Pourquoi n'ai-je pas eu de mère? C'est injuste!

LE PRIEUR

Elle mourut... quand tu naquis.

TONIO

Comment est-elle morte? Le monde — les livres saints le disent — enferme peu de justes... Si on m'avait tué ma mère?... Comment Dieu qui est bon, permet-il qu'un enfant n'ait pas connu sa mère?

LE PRIEUR *(à part).*

Dire la vérité serait nommer son père !

TONIO

Vous éludez toujours, quand j'interroge !

LE PRIEUR

Tu ne songes jamais à ton père?

TONIO

Non ! — Je vous ai, bon Prieur !

LE PRIEUR

Mon cher fils ! *(à part).* O singulier instinct et châtiment étrange, le crime d'Antoine le cruel a projeté son ombre jusqu'au cœur de sa fille, tarissant la filialité.

TONIO

Et je n'ai pas de frère ! O madame Marie que je voudrais un frère... qui ressemblât à mon ami saint George.

LE PRIEUR

Pourquoi préfères-tu saint George à tous les saints?

TONIO

Il est beau, triste et fort, charmant et redoutable *(montrant la statue).* Voyez quel doux regard, malgré sa grande épée !

LE PRIEUR

J'y songe! N'est-ce pas pour cette statue que tu viens si souvent *(à part)*. Amoureuse déjà, et à défaut d'un cavalier, d'une peinture éprise!

TONIO

Oui, pour saint George... et pour cette fenêtre.

LE PRIEUR

Le plaisant moinillon!

TONIO

J'aime tout du moustier : la voûte d'outre-mer semée d'étoiles d'or, l'encens de la chapelle, qui m'enivre et me montre des formes d'ange autour du tabernacle. J'aime les voix de l'orgue, j'aime ma propre voix : le plaisant moinillon s'oublie en oraison mentale, de grands moments, sur les dalles du chœur.

Mais j'adore encore plus le vrai ciel, le grand ciel, changeant et magnifique : d'abord vermeil, puis éclatant, enfin rouge et violet. J'adore les nuages, — les nuages vivants aux formes si bizarres qui viennent de si loin et qui vont Dieu sait où. J'écoute aussi la symphonie de l'aube, les doux bruits de l'éveil du jour; le mineur indicible de la vesprée qui tombe, sur la forêt qui dort....

LE PRIEUR

Eh! prends garde au Malin, mon fils! il rôde obstinément, autour des monastères, ces donjons élevés pour défendre la terre des colères du ciel.

TONIO

Ne peut-on choisir sa sagesse? La légende dorée ne décrit pas toujours des Thébaïdes. Saint Pacome, au désert, Prieur, est-il plus grand que saint Louis sur le trône! Saint George que voici, ne lit pas son bréviaire, et l'archange Michel casqué, vêtu de fer, semble toujours en guerre!

LE PRIEUR

Penses-tu devenir militaire, et cruel, et tueur : et sur ces mains que Dieu a bénies de beauté, veux-tu faire couler le sang de l'injustice?

TONIO

Je hais la guerre et les guerriers! mais j'aime la justice! Saint Michel et ses anges terrassant les démons et ceux qui fouaillent Héliodore, Charlemagne et Roland, et saint Louis, ils combattaient pour Dieu!

Être ici-bas, le bras d'en-haut, délivrer le tombeau de Jésus, délivrer le chrétien du joug des mécréants, c'est être non pas un guerrier, un archange... Ah! mon rêve serait de servir d'écuyer à monseigneur saint George.

Alors, mon cher Prieur, je ne m'ennuierais plus.

Il me prendrait en croupe et nous ferions le chemin de la vie, sans nous quitter jamais. Nous irions vers ces Eldorados lointains où de géantes fleurs balancent, dans le vent, leurs tiges odorantes. Nous irions sur la mer comme ces enchanteurs portés par des dauphins, ou sur les lacs immenses, en nacelles de nacre et traînés par des cygnes :

et je m'endormirais le soir sur son épaule, après avoir chanté un hymne à Notre-Dame. Je n'aimerais que lui : il n'aimerait que moi, et nous serions très purs, charitables pieux à Madame Marie qui, bénigne, nous obtiendrait de son Fils Tout-Puissant, la faveur de mourir tous deux ensemble, en même temps !

LE PRIEUR

D'où viennent ces idées romanesques ? de la statue, du paysage ?

TONIO

Méditant, j'ai compris en quoi l'ange et l'homme diffèrent. Oui, les hommes sont bons, comme vous et les Pères ; mais les anges sont beaux, ô Prieur, comme moi !

LE PRIEUR

Tu juges au visage et à l'aspect du corps, la création de Dieu, et sembles ce païen qui, choisissant un vase, le préfère vide et sculpté.

TONIO

Quelle comparaison ! je suis plein d'intentions sublimes. Blâmez-moi plus encore, je sens confusément que parmi les mortels, je suis Prieur, aussi !

LE PRIEUR

Ton moustier, enfant déraisonnable ?

TONIO

Mon moustier, c'est le monde vaste et vivant : je suis prieur de la route qui marche vers l'inconnu : je suis prieur des rivières qui coulent à l'aventure, prieur du nuage et du vent, prieur des diamants, des oiseaux et des roses. Je me sens salué par autant de bons frères que j'aperçois d'étoiles dans la nuit. Le petit moinillon est un oiseau sauvage qui voudrait s'envoler !

LE PRIEUR

Les hommes sont méchants, Tonio.

TONIO

Fait-on du mal au paon, à l'oiseau lyre ? Je suis joli comme eux !

LE PRIEUR

Tu ignores ce monde, peuplé de corbeaux, de vautours et d'effraies. Plus un être révèle d'intelligence et de beauté, plus on l'accable.

TONIO

Bah ! J'aurais mon bon ange et mon frère, le cavalier aux longs cheveux.......

LE PRIEUR

Rentre dans ta cellule et garde-toi des rêves fous.

TONIO

Ma prière du soir........

LE PRIEUR

Tu l'as chantée, avec tout le couvent.

TONIO

Bon Prieur, je fais double oraison et la plus fervente tout seul.

LE PRIEUR

Retourne à la chapelle.

TONIO

A la chapelle, je prie pour vous, les voyageurs, les pauvres, les méchants et puis aux intentions du Pape. Sentez-vous pas qu'on ne dit certains vœux qu'à son plus cher ami ?

LE PRIEUR

A saint George ! et ces vœux ?

TONIO

C'est mon secret !

LE PRIEUR

Je suis ton confesseur !

TONIO

Je demande à saint George de descendre du ciel, de devenir mon frère et puis de m'emporter parmi mille aventures.

LE PRIEUR

C'est la voix de la race et du sexe : gronder ne remédierait pas. Mon devoir ordonne seulement qu'elle quitte ce froc et ce moustier. Je vais écrire au Roi (*Exit*).

SCÈNE III

TONIO *(seul)*.

Le Prieur s'en va soucieux ! Serait-ce par ma faute? Il m'a dit d'être vrai et sincère toujours... Je m'aime ici.

UNE VOIX *(au dehors), chanté.*

Je suis le passant d'amour,
Je cherche une âme,
Où soit écrit en traits de flamme
Ce mot « toujours ».

TONIO

Le mot « toujours » s'écrierait de lui-même, au cœur du moinillon, si paraissait l'appelé, l'attendu qui jamais ne répond, ni ne vient... Quand serai-je exaucé?

(Il va s'agenouiller au prie-Dieu devant la statue de saint George).

Beau chevalier, qui avez pris mon âme, quand viendrez-vous? O mon frère céleste, qui devez m'apparaître et m'emporter, parmi mille aventures, vous tardez bien? Tandis que mon cœur vous appelle, que faites-vous? A Montsalvat, adorez-vous le Graal, ou chassant le dragon et la vouivre, cherchez-vous le chemin perdu de l'Hespéride?

Au lendemain d'une victoire sur le démon ou le payen, ne sentirez-vous pas le besoin du doux page, qui déboucle l'armure et porte votre casque! — Être votre ombre et comme vous suivre, voilà tout mon désir Je suis dans ma faiblesse, aussi joli que vous, beau chevalier qui avez pris mon âme.

Quand viendrez-vous ? Si, malgré mon appel incessant vous ne deviez jamais venir ? Désespéré mais fidèle à mon rêve, moi je vous attendrais : et quand même et toujours, vous pardonnant : car, vous m'avez appris la douceur de souffrir. C'est en vous regardant, c'est en vous appelant que mon cœur vagissant et fermé, a parlé, s'est ouvert éveillé et grandi. Oh ! comme il bat pour vous ! *(Il se lève)* Un soir qu'il faisait sombre, je crus votre regard sévère et j'ai pleuré.

Ces larmes, les premières d'une telle amertume m'ont dilaté pourtant et rendu orgueilleux. Vivre, c'est donc souffrir ; grandir, c'est donc pleurer : car je me suis senti meilleur et mieux purifié qu'après l'absolution. Dieu m'a fait joli et joyeux et vous m'avez fait triste, beau chevalier qui avez pris mon âme *(rude coup de heurtoir à la porte du couvent)*.

C'est lui !... Pauvre rêveur !... Ce frappement a fait écho en moi ; je l'ai cru un répons à ma prière. Ce n'est qu'un pèlerin ou quelque mendiant.

(Exit tristement).

SCÈNE IV

CAVALCANTI (costume de guerre, en face LE PRIEUR paraît).

LE PRIEUR

Dieu vous garde, mon fils.

CAVALCANTI

Mon père, Dieu *nous* garde. Votre robe de bure, pas plus que mon épée, ne nous défend du mal.

LE PRIEUR

Nos anges gardiens seuls y peuvent, toujours présents.

CAVALCANTI

Toujours? même aux côtés d'un condottiere de Frédéric. Ces célestes esprits escortent donc le crime?

LE PRIEUR

Que m'apportez-vous de funeste, pour tenir ce ton-là?

CAVALCANTI

O! le moine prudent qui pense, pis que moi, du Prince que je sers,

LE PRIEUR

Vous raillez ; le roi de Sicile...

CAVALCANTI

Et vos traits anxieux raillent aussi, Prieur ?

LE PRIEUR

Il serait d'un chrétien de parler vite...

CAVALCANTI

Parler ! Je ne sais rien, sinon que vous devez me remettre un dépôt. . . . précieux ; j'ai amené toute ma compagnie, deux cents lances arrêtées dans le val. — Voici :

(Il sort de sa botte un pli qu'il présente).

LE PRIEUR

Messire, soyez-vous !

LE PRIEUR *(lisant)*.

« Paix et salut au Prieur de San Georgio, à Lecce.

« Il nous plaît, qu'ès mains de notre capitaine, porteur de ces présentes, tu remettes sur l'heure le frère Tonio. En foi de quoi signé, après avoir écrit de notre propre main « Frédéric ». — Je suis trop exaucé *(à Cavalcanti)*. Quand vous aurez reçu ce dépôt, capitaine...

CAVALCANTI

Je dois le porter à Tarente ; mes instructions sont là, dedans ma botte gauche ?

LE PRIEUR

Vous n'êtes pas curieux...

CAVALCANTI

J'ai juré de ne pas lire avant minuit.

LE PRIEUR

S'il devait le tuer, Dieu juste! Résister impossible, je veux sonder cette âme *(il frappe sur un timbre et au frère qui paraît)*, du vin et le meilleur! *(à Cavalcanti)* Vous boirez, n'est-ce pas, capitaine?

CAVALCANTI

Je parlerai surtout, n'est-ce pas, bon Prieur? Vous me trouvez en humeur, pour vous, satisfaisante : parfois, je ne répondrais pas aux sphinx, à Salomon me posant des énigmes; d'autres jours, je dirais mes pensées au vent qui joue avec ma plume.

LE PRIEUR

La Sicile subjuguant l'Italie deviendrait...

CAVALCANTI *(l'arrête du geste).*

Oh! je suis un condottière comme vous êtes moine! Vous ne pensez qu'à Dieu, je ne crains que l'ennui. Vous trouvez Dieu en vous et vous restez en place. Je fuis l'ennui partout et je le porte en moi.

(Le tourier pose une buire et une coupe, le Prieur tend la coupe et verse à Cavalcanti qui se lève).

Au patron du couvent qui est aussi le mien!

LE PRIEUR

Pourquoi porter l'épée, sans l'aimer...

CAVALCANTI

Pourquoi des mille graines qu'essème un coup de vent les unes tombent-elles inutiles à la mer, d'autres stériles au rocher? Pourquoi, ce soir, au moustier de San Giorgio, j'étais hier sur une route? Pourquoi parlé-je tant aujourd'hui et demain me tairai-je? Pourquoi?

LE PRIEUR

Vos parents?

CAVALCANTI

Je suis fils de l'amour et je viens d'Orient.

La Providence ou le hasard me jeta tout enfant, sur le bord d'une route de Syracuse, presque nu, ayant faim. Recueilli par un prêtre et choyé pour ma voix, je fus expédié comme un oiseau chanteur à Cosme Médicis. Béni soit jamais ce nom des Médicis! Dans leur palais, le petit vagabond fut heureux, j'étudiai avec Masaccio, je peignis à San Marco une prédelle : écuyer aussi bien que chanteur, le gypsy s'appela Cavalcanti.

LE PRIEUR

Quel grave événement bifurqua votre route?

CAVALCANTI

Je découvris qu'il existait un inconnu plus attrayant que la métaphysique : des chefs-d'œuvre vivants plus beaux que ceux de l'art; et... des ivresses dont le seul souvenir m'enfièvre comme un ange tombé celui du ciel! Ma vie ne fut qu'un long baiser!

Baiser, descente de l'âme, ascension du corps !
Fibule du cœur et des reins, ô signe du bonheur !
Redite bienheureuse et la seule éternelle : Baiser !
Geste des Anges !

O lèvres, territoire contesté entre l'esprit et la matière, lèvres qui ouvrez sur le ciel, diseuses de beauté, donneuses de bonheur ; ô rebord rougoiant de l'être, margelle au puits d'où sort la voix tendre ou sublime !

Bouche, ô lieu de vérité ; ta turgescence, des nerfs illuminatrice, nous purifie en moments magnifiques ; avec l'illusion de grandes ailes tu nous donnes la sensation d'être complet, en un nouveau et demi-Dieu !

LE PRIEUR

Un jour, les lèvres ont menti !...

CAVALCANTI

Les lèvres ne mentent pas aux lèvres, mais la femme ne garde pas longtemps le cœur aux lèvres... Mes nerfs s'étaient croisés avec des nerfs lubriques et l'âme était absente de cela. J'appelai un grand cœur, en fou qui ignorais, que l'on ne trouve pas un grand cœur ; on le crée dedans une poitrine aimée. Il m'a manqué le courage patient, par lequel on devient le cénobite de son œuvre. Au lieu de replier ma jeune et vive force, sur l'Aventin de l'art, je cherchai l'émotion à tout prix, à toute heure. Sous ce costume-là, je la cherche toujours, la décevante et la fugace !

Je suis las du réel, du coutumier ; je vis, dans l'espoir d'un destin si secoué et si tragique, que j'y sombre exaucé, selon mon dernier vœu : une mort de lumière.

LE PRIEUR

Jeune, beau et vaillant, un poète serait moins lyrique !

CAVALCANTI

Je suis jeune, en effet, si vous jugez ma tête ; vaillant quand on m'attaque ; poète quand je souffre ; mais je reste stérile malgré ces dons puissants. En vain, je tends mon épée vers le ciel : il ne la pointe pas vers un but idéal.

LE PRIEUR

Le ciel nous éprouve en tardant. Ses décrets peut-être vous allouent un très noble destin. Aventurier, doutez-vous de demain, sinon meilleur, toujours autre ? Soyez prêt à l'occasion bénie : votre âme religieuse est comme ouverte au repentir, profitez de l'instant ; pour marcher plus à l'aise, allégez-vous mon fils ; mon fils, confessez-vous !

CAVALCANTI

Ce n'est pas mon salut, Prieur, qui vous inquiète : un intérêt puissant vous pousse à feuilleter le livre de mon âme : je ne le ferme pas ce livre aux sombres pages..

LE PRIEUR

Vous dévoueriez-vous,... pour une femme ?

CAVALCANTI

Je ne crois plus aux femmes : ce sont des êtres vains.

LE PRIEUR

Mais si vous rencontriez, un vrai cœur, vierge et haut sous des traits de princesse, un cœur qui n'eût jamais battu, un androgyne, un ange et pour qui il faudrait accomplir des prodiges.

CAVALCANTI

Ah! croire en être et se dévouer tout, fanatique devant l'idole, se faire le démon d'un ange; combattre, saigner, mourir, pourvu que le doute jamais ne vienne!... Si je trouvais cela, Prieur, je bénirais la vie!

LE PRIEUR *(à part)*.

Seigneur, soyez béni, Tonio est sauvé.

CAVALCANTI

Êtes-vous informé, enfin?

LE PRIEUR

Oui, Messire, et je vais vous chercher ce dépôt précieux.
(Exit).

SCÈNE V

CAVALCANTI (seul).

Puis : *LE PRIEUR* et *TONIO* (*au fond sur le pas de la porte*).

CAVALCANTI (*seul*).

Je suis bien lyrique aujourd'hui, ce Prieur paraît bien étrange ! L'artiste originel se trahit aisément en mon langage de fou sentimental.

Ce saint George est mon frère ; étrange ressemblance !

(*Il va s'appuyer à la fenêtre*).

LE PRIEUR (*à Tonio, sans entrer*).

Tonio, mon enfant, regarde ce seigneur.

TONIO

Il ressemble à saint George ! il est beau, triste et fort, charmant et redoutable ! Serait-ce lui ?

LE PRIEUR

Ton sort dépend de lui !

TONIO

Comment ?

LE PRIEUR

Il vient pour t'emmener !

TONIO

Où ?

LE PRIEUR

Je l'ignore : je ne sais pas non plus l'avenir qui t'attend.
Fais qu'il t'aime, prends-lui le cœur, que la grâce t'inspire !

(*Exit le Prieur*).

SCENE VI

TONIO. — CAVALCANTI (*toujours à la fenêtre*).

TONIO

Mon sort dépend de lui ! il faut faire qu'il m'aime et lui prendre le cœur ... Je suis tout palpitant ! On dirait le saint George de mes prières ; c'est lui qui a saisi le heurtoir du couvent.... Et je demeuré là, confus.... Pourquoi ne puis-je lui parler le premier et serai-je, oh ! heureux que d'abord il me vit ?

CAVALCANTI

O poésie du soir, heure mélancolique, que tu es pénétrante à l'âme solitaire !

TONIO

Je le plains ! — Vous souffrez, Monseigneur ?

CAVALCANTI *(stupéfait et extasié).*

Est-ce une vision ?... Ange d'où sortez-vous ?... Oh ! l'adorable enfant... on dirait une femme... beau comme un Botticelli... Êtes-vous du couvent, ou êtes-vous du ciel ?

TONIO *(interdit, avise la coupe).*

Oui, j'en suis descendu pour vous verser à boire.

CAVALCANTI *(extasié).*

Laissez boire mes yeux !

TONIO *(à part).*

Je rougis, je m'émeus ; je suis heureux pourtant !

CAVALCANTI

Vous ressemblez au plus beau de mes rêves ; idéal attendu ! idéal imprévu ! idéal rencontré, enfin ! Vous n'avez pas quinze ans ?... Pourquoi, dans un couvent ? Pourquoi, moine ? La beauté a les devoirs d'un astre ; et vous, vous éteignez dans ces murs ! Pour ce destin obscur, auriez-vous donc quitté le chœur des séraphins ?

TONIO

Je ne suis qu'un enfant : regardez mes épaules, aucune aile n'y replie sa blancheur.

CAVALCANTI

Vous êtes né pour enchanter les yeux, et pour montrer de vos mains idéales, le chemin du salut, comme un ange envoyé pour recruter les âmes qui ne s'enrôlent pas sous d'autre gonfanon que celui de la beauté parfaite.

TONIO

On dit que toujours méconnu, l'Ange est fort maltraité par les hommes ; que le monde est méchant pour l'innocence et la beauté.

CAVALCANTI

La Beauté a ses martyrs comme la Foi ; mais elle a ses croisés. On est toujours défendu, adoré et sauvé, quand on est beau comme vous l'êtes !

TONIO

Qui vous amène ici ?

CAVALCANTI

Un ordre du roi Frédéric ; je viens chercher un dépôt précieux à votre Prieur confié.

TONIO

Et ce dépôt, c'est moi, il l'ignore *(haut)*. Que ferez-vous, seigneur, de ce dépôt ?

CAVALCANTI

C'est écrit dedans un pli scellé que je ne dois ouvrir qu'à minuit sur la route de Tarente.

TONIO *(à part)*.

Oh ! dois-je me fier à l'instinct qui me pousse ?
Le guerrier, pour sa consigne, massacrerait le pape *(haut)* : je voudrais voir ce pli...

CAVALCANTI

Idée de femme !

TONIO

Si je vous en priais... si...

CAVALCANTI

J'ai donné ma parole !

TONIO

Pardonnez-moi : je suis despote et parle en petit prince. Vous avez voyagé : avez-vous vu une salle brillante : une blanche statue tient un drapeau de pourpre, le long des murs dorés et peints, de grands portraits qui vous regardent comme vivants.

Mon dernier souvenir avant le cloître me revient parcouru de torches et d'épées...

CAVALCANTI

Il décrit la salle des portraits au Palais de Tarente et mentionne la nuit du meurtre d'Antoine le Cruel.

TONIO *(ton décisif).*

Capitaine ! Si votre roi vous ordonnait de me tuer.

CAVALCANTI *(avec éclat).*

Je le tuerais plutôt : vous êtes pur et androgyne ; et lors plus roi que lui.

TONIO

Vous avez bien dit ça ! Je ne résiste plus au sentiment qui vers vous m'entraîne ! Aveuglément je me confie : sauvez-moi, perdez-moi ; je ne puis plus lutter contre la sympathie.

CAVALCANTI *(extrême émotion).*

Si vous étiez..... si vous n'étiez pas.....
Je vous dirais..... que je vous aime.

TONIO

Dites-le-moi, quand même ! Le Prieur m'a soufflé « Tonio, mon enfant ; regarde ce seigneur, ton sort dépend de lui ».

CAVALCANTI

S'il dépendait de moi ! Je comprends ton inquisition, noble moine ! sois en paix..... c'est vous... vous... ce dépôt ? Et ce pli de minuit, peut-être de malheur ?

TONIO

Oh ! dussé-je périr, j'ai l'orgueil de votre parole !

CAVALCANTI

Noble enfant ! j'ai donné ma parole quand mon cœur était vide. Je prends votre service : et je quitte le sien.

« Si, ce présent minuit, un courrier ne vous a pas rejoint, amenez, et crevez les chevaux au besoin, le frère Antonio à Tarente dont il est prince légitime. »

Providence admirable ! Ciel de miséricorde !

TONIO

Je ne me trompais pas, je suis prince !

CAVALCANTI

Altesse, recevez mon hommage.....

TONIO

Votre amitié de frère aîné.

CAVALCANTI *(continuant de lire).*

« Vous montrerez mon scel, en foi de vos pouvoirs, au provéditeur marquis Buodelmonte et attendrez au Palais de nouveaux ordres. »

Par saint George, la divine aventure !
Avez-vous l'habit de cavalier ?

TONIO

Je n'ai jamais porté que cette robe !

CAVALCANTI

La robe raccourcie devient une tunique.

TONIO

Oh !

CAVALCANTI

Cette pudeur convient à la réserve monastique mais le novice sous le prince disparaîtra.

TONIO

Allons, mon capitaine, de la chrysalide frocarde, dégagez le royal papillon *(Cavalcanti coupe avec sa dague la robe au-dessus du genou).*

CAVALCANTI

Plus beau, plus beau ainsi, ô réel Androgyne!

TONIO

Vous avez déjà dit ce mot, expliquez-le.

CAVALCANTI

Quand un ange, par permission divine, descend sur cette terre on l'appelle Androgyne.

TONIO

Tout ce qu'il dit est étrange et suave. *(haut)* De quel nom vous appellent ceux qui vous aiment?

CAVALCANTI

Je n'aime plus ceux-là!

TONIO

Mais, vous m'aimerez moi?

CAVALCANTI

O cher enfant!... pardon, Altesse!

TONIO

Eh! vous avez bien dit : je ne suis qu'un enfant en péril et vous venez dans mon chemin comme un sauveur, ô George!

CAVALCANTI

Qui vous a dit mon nom ?

TONIO

George ! Ainsi, je l'appelais vraiment et c'est bien lui qui est venu, exauçant mes prières !

CAVALCANTI *(ramasse les morceaux du froc).*

Je garde ces reliques.

TONIO

Non ! Le paralytique guéri suspend sa béquille à l'autel : au sanctuaire de son vœu, le pèlerin dépose sa capuce à coquilles. Ainsi, en ex-votos j'appends, devant l'image vénérée, l'entrave qui gênait mes pas : car me voilà guéri de l'ennui monastique, et j'entre dans mon rêve le sceptre d'une main, de l'autre m'appuyant sur vous.

CAVALCANTI

L'Altesse se relève, imprévue et charmante !

TONIO

J'ai quitté la robe prétexte : je veux pour la première fois tremper ma lèvre dans le vin : et je bois à la vie : à la vivante vie. A vous, mon capitaine, mes lèvres étaient là. Mauvais buveur ! il en reste une goutte. Les anciens faisaient des libations avant leurs entreprises : aux génies tutélaires : et vous êtes le mien *(elle lui verse des gouttes sur la tête).*

SCÈNE VII

LES PRÉCÉDENTS, LE PRIEUR

LE PRIEUR

Soyez bénis tous deux, — et s'il y a du péché en ceci, Dieu juste, je l'assume!

TONIO *(un genou en terre).*

Bénissez-moi!

LE PRIEUR

Oh! oui, je te bénis, doux enfant, bel enfant : va régner, va aimer, va souffrir, va vivre.... et on priera pour toi!

CAVALCANTI *(remettant son épée au ceinturon).*

Je suis donc exaucé, Dieu juste! Enfin, la vie devient digne de moi!

TONIO *(fausse sortie, puis avec élan, à la statue de saint George).*

Toi, descendu du ciel, et qui vas m'emporter parmi mille aventures :
O saint George, merci!

RIDEAU.

DEUXIÈME ACTE

La scène représente la salle du palais de Tarente, évoquée deux ols, au 1er acte, par Tonio — Grande porte, au milieu, à deux larges battants ouvrant sur une galerie ; à gauche, pan coupé à fenêtre-balcon ; à droite, deux portes latérales. Près du pan coupé, statue tenant le drapeau d'Apulie. A droite, lit de repos et pied de torche en fer ; murs dorés grands portraits.

Quand le rideau s'ouvre, il fait encore entièrement nuit, un page, torche en main, frappe à la porte du second plan latéral droit.

SCÈNE I

LE PAGE ; puis LA MARQUISE ; puis LE PROVÉDITEUR

LA MARQUISE *(paraît en deshabillé)*

Eh bien ? Qu'est-ce ?

LE PAGE *(tient une torche).*

Un prince de Tarente, qu'escortent deux cents lances, est à la Porte Pie.......

LA MARQUISE

Folie ? Tarras n'eut qu'une fille, depuis dix années disparue.

LE PROVÉDITEUR *(survenant en robe)*.

Un prince de Tarente ! Madame, d'où sort-il ? *(Il tient la lettre de Frédéric qu'il tend à la marquise ; le page plante la torche dans le pied de fer à droite)*.

LA MARQUISE

De la coulisse, où le roi de Sicile élabore sa comédie du Saint Empire latin.

LE PROVÉDITEUR

Le Roi se serait plu à ce coup de théâtre ?.....

LA MARQUISE *(lisant)* :

« Si, ce présent minuit, un courrier ne vous a pas
« rejoint ; amenez, et crevez les chevaux au besoin, le
« frère Antonio à Tarente dont il est prince héritier. Vous
« montrerez mon scel et attendrez de nouveaux ordres.
« *Frédéric*.

La pièce est authentique !

LE PROVÉDITEUR

Qu'ordonnez-vous ?

LA MARQUISE

On abuse de moi ! Dois-je encore décider de cette politique !

LE PROVÉDITEUR

Depuis quatre ans, vous décidez de tout ; ne m'abandonnez pas.... l'événement nous presse....

LA MARQUISE

Eh bien! Je vais rendre un oracle, — un oracle de femme! Je vais songer à ce prince impré[illegible]; si mon cœur ne bat pas, jetez l'alarme et sonnez le tocsin : si mon cœur bat, qu'il entre dans la ville. Vous acceptez cela?

(Immobile, réfléchie et lente).

Le prince ou pseudo-prince est jeune, beau peut-être. C'est l'inconnu, le nouveau ; si c'était l'attendu, l'attendu d'amour.

(Eclat). Bas le pont! Haut la herse! Ouvrez les portes, enlevez les enseignes! Qu'il entre dans la ville et qu'il entre au Palais : Salut au prince de Tarente! Vivat! car l'oracle a parlé, car mon cœur a battu.

(Le page est sorti en courant).

(A part). A quoi tient le sort d'un beau génie! Mon cœur vaut mieux pourtant qu'un conseiller d'Etat : il est sincère et triste.

LE PROVÉDITEUR

Un page, hola!

LA MARQUISE

Pourquoi?

LE PROVÉDITEUR

Pourqu'on laisse, hors des murs, les lances et la condottière!

LA MARQUISE

Nous avons mille lansquenets ; même en ce temps aventureux on ne tenterait pas d'entrôner un Tarras, sans le vouloir de Frédéric.

LE PROVÉDITEUR

L'ordre précise : « Si un courrier ne vous a pas rejoint » Madame, il vaudrait mieux attendre?

LA MARQUISE

Attendre, quand Tarente, en sursaut réveillée, interroge et s'émeut : « Attendre quand on est exécré comme vous.

LE PROVÉDITEUR *(à part)*.

Cette fois, j'ai eu tort d'écouter la marquise.

LA MARQUISE *(vers la porte-fenêtre)*.

J'entends sur le pavé les sabots des chevaux.

LE PROVÉDITEUR

Trop tard !

LA MARQUISE

Devise d'indécis !

LE PROVÉDITEUR

On dirait nos destins différents à vous entendre..., Si des ordres nouveaux...

LA MARQUISE

Nous y obéirons, même contradictoire !

SCÈNE II

GIACOMO, une torche à la main, ouvre la porte et s'efface élevant la torche. Entre CAVALCANTI, portant dans ses bras TONIO endormi; pendant qu'il le dépose doucement sur le lit de repos, à droite, GIACOMO plante sa torche dans une torchère de milieu et referme la porte sur lui.

CAVALCANTI (*contemplant Tonio*).

Comme il dort confiant et beau! Voici la selle qu'évoquait le cher ange (*il prend la torche, l'élève, regarde circulairement et la replace*). Dix heures de cheval pour ce moinillon-là, c'est un rude début. — Oh! cette chevauchée m'a semblée courte, j'emportais ma chimère; j'avais mon idéal en croupe; mon rêve me tenait la taille de ses deux jolis bras. Cette énigme ennuyeuse, ma vie a donc un sens, un mot et ce mot c'est ton nom « Tonio ».

Bercé par le trot du cheval, le Petit Prince s'endormit. Je dus l'asseoir au travers de la selle, le soutenant d'un bras, comme un enfant.

Car c'est presque un enfant... Son souffle pur et calme m'agitait de sentiments confus.....

Je l'aime comme un père et lui formerai l'âme à son royal destin. Je l'aime comme un frère, puéril avec joie, et compagnon de jeux, confident de ses chagrins d'éphèbe...

Pourquoi, me semble-t-il que Tonio est Tonia, que le frère est la sœur, et le prince..., princesse.....

Mon sentiment reste hésitant... comme son sexe. Le contact de sa main, le soupir de ses lèvres, la douceur de ses yeux, riants dans le sommeil, la chaleur de son frêle corps m'enchantaient l'âme.

Je l'aime comme un ange condamné à des œuvres terrestres et que Dieu m'eût commis à défendre.

Qu'importent les effets, dans mon cœur où passèrent tant de passions, — d'une beauté troublante ; si je renferme en moi la fumée de ma flamme et n'en laisse monter vers l'idole choisie que l'encens pur.

Ah ! pour le bonheur de cet être je ferais... des crimes... Saint George, pardonnez cette pensée coupable et toi, mon beau dormeur, pardonne-la aussi. Qui admet en esprit les moyens scélérats, éveille contre lui d'En-Haut la sévère justice : et je crois à la Providence, depuis hier ! Serviteur pur à maître vierge... Je deviens un juste désormais. Vertus.... vous jadis chassées de ma vie, accourez, maintenant je suis vôtre *(l'aube paraît aux fenêtres, Cavalcanti touche le Prince)*. Votre règne commence, Altesse, éveillez-vous !

TONIO

Non, laissez-moi dormir, bon Prieur, je ne veux pas chanter *Matines*... Ah ! c'est vous... et c'est la salle... Je n'ai donc pas rêvé ; voici la blanche statue qui tient encore son vieux drapeau de pourpre ; me reconnaissez-vous, portraits ; ancêtres me bénissez-vous ? *(un instant de rêverie mélancolique)*.

Aucune épée ne luit aux vacillances de la torche. Saint George sous vos traits m'enlève à l'ennui monastique. Je suis en vérité le Prince de Tarente ; l'heureux, le beau réveil! Comment suis-je venu du moustier... Ah! En travers de votre selle... La prière!... ensemble, n'est-ce pas? (*Cavalcanti s'agenouille aussi*). Oh! courte, je suis si impatient de tant de choses.

In nomine Patris et Filii et Spiritus Sancti.

CAVALCANTI

Amen!

TONIO

Vous m'avez en un moment comblé, Seigneur, de tous les dons terrestres : je demandais un frère et ce frère est venu. Je souhaitais la liberté, vous m'avez permis la puissance. Cette bénédiction au petit roi Ioas, jadis donnée, sur moi qu'elle descende!

Marie, faites de moi un prince très chrétien et bénissez mon frère George.

CAVALCANTI (*se relevant*).

Amen!

TONIO (*cherche des yeux parmi les portraits*).

Le portrait de ma mère (*devançant d'instinct le mouvement indicatif de Cavalcanti et se haussant sur un escabeau*). Que j'embrasse au moins son image (*ému*). O vous que je n'ai pas connu, ô toi qui m'eus aimé, bénis Antonio (*attirant Cavalcanti*) et bénis ton autre fils, mon frère George.

CAVALCANTI

Voici Tarras dit le cruel.

TONIO *(froid)*.

Je vous salue, mon père.

CAVALCANTI

(A part). O merveille d'instinct qui devine le crime malgré le lien du sang! *(haut)*. Votre nouvelle vie commence, le moinillon d'hier est un prince aujourd'hui.

UN PAGE *(survenant)*.

La toilette de Son Altesse sérénissime est préparée.

CAVALCANTI

Allez, et suivant les mots vôtres : « De la chrysalide frocarde dégagez le royal papillon. »

Exit TONIO *(sortie souriante)*.

SCÈNE III

CAVALCANTI va à la table de gauche et hâtivement y écrit — entre LA MARQUISE

LA MARQUISE

Ce prince semble un page : et se titrerait mieux le Prince de Byzance, si frêle et féminin! C'est pour le condottière que mon cœur a battu.

CAVALCANTI (*déclamant*).

O peuple de bergers, ô peuple de pêcheurs, saluez ma houlette de grâce enrubannée; pour tous filets, je tends vers vous mes jeunes bras : Horace a chanté ton Galèse, tes olives et ton miel. Pline a vanté... Non fausse rhéto-thorique ! (*il déchire le papier*).

LA MARQUISE (*brusque*).

C'est vous, qui apportez avec le jour un prince à l'Apulie : vous semblez tout ignorer des gens et choses de Tarente.

CAVALCANTI

Vous me répétez-là ma muette pensée; qui êtes-vous, Madame?

LA MARQUISE

De par les faits, votre pire ennemie !

CAVALCANTI

Et votre nom, mon ennemie?

LA MARQUISE

Celui du Provéditeur.

CAVALCANTI

Marquise Buodelmonte ! Ah ! vous méritiez mieux !

LA MARQUISE

Vous me dites cela, à moi !

CAVALCANTI

Eh! vous ne l'aimez pas.

LA MARQUISE

J'aime les diamants montés en trèfles.

CAVALCANTI (*à part*).

Que cette femme m'aime ou le prince est perdu. Je commence déjà d'être infâme.

(*Haut*). Vous vous calomniez! Quand le cœur est à vide on fait mal, étant femme, pour se distraire. On recherche les diamants à défaut d'un cœur adamantin : on désire la couronne à trèfles, quand on ne peut pencher son front vers un baiser sincère.

J'en appelle à vos yeux qui sont tendres et francs; j'en appelle à ce sein palpitant. Par tous ces traits qui vous révèlent : contre vous je me dresse « vous vous calomniez ».

Laissez cet orphelin devenir l'enfant de l'Apulie, l'adopté de Tarente!...

Je ne dis rien de moi; condottière toujours au-dessus du destin. Après bien des péchés, Dieu m'envoie une sainte aventure. Je vous offre moitié dans les mérites, suffisants à sauver nos deux âmes.

Laissez-vous convaincre : la rencontre est jolie, comme écrite, que votre belle main s'allie à mon épée, exaucez-moi, Madame, ou bien mon destin est manqué! (*a genoux*).

LA MARQUISE

(*A part*). Va, ta cause est gagnée, devant que tu la plaides; (*haut*) c'est une trahison que vous me soufflez-là. Je me sens peu de goût pour déniaiser ce prince de Bysance, et lui apprendre...

CAVALCANTI

Quoi ?

LA MARQUISE

M'avez-vous regardée ?

CAVALCANTI

Je vous regarde encore et j'y trouve plaisir !

LA MARQUISE

Eh bien ! vous comprenez que je n'enseigne pas les Institutes ou les Pandectes, Euclide ou Aristote !

CAVALCANTI

La maîtresse du Prince !....

LA MARQUISE *(à part)*.

Cette exclamation sonne la jalousie ! M'aimerait-il ! C'est bien vite et surtout c'est trop son intérêt.

(Haut). Vous jugez que la merci d'amour appartient au mérite, non pas au rang ! Eh bien ! je ne prononce pas : et d'abord entrônons Votre Altesse byzantine.

CAVALCANTI

Le ciel reconnaîtra cette bénignité !

LA MARQUISE

Et vous aussi, j'espère ! Tarras le cruel périt assassiné ici même, dans une émeute que le roi de Sicile fomenta, nul ne connut le sort de la fillette, seul rejeton du mort. Elle aurait quinze ans aujourd'hui. Votre prince sans droits, on le peut appuyer sur le vœu populaire, le présentant aux Tarentins tous las de mon cupide époux. Mais gardez de paraître l'ambitieux profond que je démêle. Ne vous laissez pas voir, jusqu'à la chose faite. L'enfant plaira au peuple et n'inquiète personne, tandis qu'on sentirait un maître, en vous apercevant.

CAVALCANTI

Ah ! vous sauvez le Prince.

LA MARQUISE

Entre nous, je veux sauver surtout le condottière.

CAVALCANTI

Que puis-je pour vous plaire et comment m'acquitter ?

LA MARQUISE

(Silence et avec une lenteur grave). Vous viendrez près de moi, aux heures de loisir.

SCÈNE IV

CAVALCANTI *(seul)*.

Comme elle se déforme, au feu d'une passion, l'humaine conscience et le peu qu'elle vaut ! Philosophes pédants qui ne savez de l'homme que les Sénèqueries et ces banalités que les anciens jetaient aux badauds de leur temps ! Hier encore trébuchait en moi, une balance juste, de peseur d'or, sensible à un duvet : et ce matin elle est faussée. Ah ! j'ai souhaité appartenir entier à un être tout mien ; j'ai fatigué le ciel pour que parut l'idole, j'ai voulu devenir le démon d'un ange : me voici tellement exaucé que j'ai peur ! C'est vraiment là l'amour, ce ferment qui soulève et rejette tout ce qui n'est pas lui, ce conquérant qui rase en un moment le moral édifice que la vie a construit.

Jadis, mon âme, pays étrange, peuplé, orné et plein de monuments, était ouvert à d'incessantes caravanes d'impressions : maintenant le désert s'y est fait autour d'une idée fixe.

Si son salut voulait, et le sac de Tarente et le saccagement de toute l'Apulie, je n'hésiterais pas ; et cela me fait peur ! La voix des prêtres, la voix des âges a crié sur l'amour un verbe véhément... On devient possédé en effet, et capable de tout le bien et de tout le mal aussi. Dans mon rôle d'aventurier je gardais la notion de justice : effacée, raturée, illisible. Je ne dirai plus « Est-ce bien, est-ce mal ? » et la seule question sera « Est-ce lui ! »

Que me reste-t-il de vertu ? La sienne. Sa pureté me sauve, j'aime un être sublime et je monte, mais s'il était infâme.....

(Il s'assied à la table et écrit).

SCÈNE V

CAVALCANTI écrivant.— LA MARQUISE une missive à la main.

LA MARQUISE *(entrée vive)*.

Un exprès de Sicile, aux armes, grand cachet, pour le provéditeur : je l'ai presque arraché des mains du messager. Avant de le donner à Cavalcanti je veux lire. *(Lisant)* : « au provéditeur marquis Buodelmonte. Le Cavalcanti est dangereux : qu'on le pende. Ne couronnez pas le frérot et attendez : un exprès au besoin, je viendrais en personne « Frédéric. » Cavalcanti ! *(celui-ci l'aperçoit et se lève)*. Quand votre prince aura conquis du balcon les suffrages du peuple, promettez-moi que vous lirez ceci.

CAVALCANTI

Madame, je promets.

LA MARQUISE

Voici ma main : vous ne la baisez pas ?

CAVALCANTI

Madame, je n'osais.

LA MARQUISE

Non, vous n'y pensiez pas.

CAVALCANTI

Je vous aurai déplu ; vous êtes triste.

LA MARQUISE

Vous ne pouvez pas me déplaire.

CAVALCANTI

Votre mélancolie me peine !

LA MARQUISE

Vrai ! Oh c'est bien vrai cela, que ma mélancolie vous peine. Pour la dissiper, jurez-moi que vous avez plus que des gratitudes,... de l'estime et qu'à vos yeux enfin, je ne suis pas la Buodelmonte.

CAVALCANTI

En doutez-vous ?

LA MARQUISE

Je voudrais, que vous me le disiez.... avec solennité.

CAVALCANTI *(grave)*.

Devant Dieu qui nous voit, sur mon cœur et le vôtre je vous estime hautement et vous admire. La vie seule a eu tort, et non votre grande âme, digne du plus beau cœur, Giovanna, marquise Buodelmonte.

LA MARQUISE

Vous m'avez par ces mots rendu ce que j'ai fait : vous m'avez élevé avec votre parole : je vaux mieux maintenant. Il est des choses que je ne ferais plus, vous m'avez baptisé une seconde fois *(elle ramasse un gant du condottière)*. Son gant c'est un peu de lui-même !

CAVALCANTI

Hélas, j'avais juré de servir fièrement mon prince vierge ; déjà, j'en suis réduit à grimacer l'amour !

SCÈNE VI

CAVALCANTI puis TONIO

CAVALCANTI *(composant)*

« Frédéric de Sicile vous rend par moi le destin national je vous rapporte la fierté, l'autonomie, l'indépendance. Je suis l'ange par Dieu même envoyé, pour rendre la culture à l'Apulie et Tarente à l'histoire. »

TONIO

(En costume de gala : satin blanc à crevés et bordures de pourpre galonné d'argent ; manteau de pourpre flottant ; sur la poitrine « le taureau agenouillé devant le Moly » ; (avec une solennité coquette). Son Altesse sérénissime Tarras António, du nom deuxième, par insigne faveur accorde, à son amé et féal capitaine, le premier baiser de son règne.

CAVALCANTI *(qui s'est dressé admiratif, passe vers le milieu de la scène pour le baiser-main, qui doit être très ému)*.

(Il va à la table et y prend ce qu'il a écrit). Prince, lisez, étudiez cela pendant que j'écrirai la fin.

TONIO (*lisant*).

Mais de quel ton le dire.

CAVALCANTI

Du ton dont vous me parleriez (*il retourne à la table et pendant qu'il écrit.*

TONIO (*s'asseyant à déclamer*).

Salut ! mon peuple et silence à tes mille voix, si tu veux entendre la mienne. Je ne suis qu'un enfant et je n'ai que mon cœur ; j'ignore tout de la vie et du monde : hier encor je chantais des cantiques. Je sais ce que Jésus fait apprendre à ses anges ; peuple, je sais aimer.

Je vais tenir, d'une sorte trop douce, le sceptre d'Apulie ; mais je me fie à vous, Tarentins ; au lieu d'un joug, je jetterai un charme ? Comment se fait-on craindre, je le veux ignorer. Cosme de Médicis se dit père du peuple ; moi, peuple d'Apulie, je me dis ton enfant.

Et tu m'adopteras, ô peuple de bergers, ô peuple de pêcheurs. »

CAVALCANTI (*vivement*).

Voici la fin : « De Mare Piccolo à Mare Grande, des sept arches du pont aux quatre cents créneaux de la citadelle sacrée, annoncez par la voix, annoncez par les feux, les danses et les fanfares, que la gloire revient, la noble absente, les annales se rouvrent, et la postérité de nouveau vous regarde.

Vulturne, au vol vertigineux, de l'Ofanto au Gorgano, en Peucétie et en Daunie, charrie, essème et profusionne, cette bonne nouvelle qu'il est venu l'Angelino, renouveler la vieille terre d'Apulie par son sourire.

J'incarne ton génie, je suis de la patrie le vivant ostensoir, je suis, ô peuple, ton hostie... à genoux... à genoux! Et comme rien ne vaut où Dieu n'est pas mêlé *(il s'arrête, regarde autour de lui et va prendre le drapeau d'Apulie que tient la statue et redescend)*. Au nom de la patrie qui a mon cœur pour tabernacle, je saisis ce drapeau, il est tout le passé; je l'élève et je trace dans l'air extasié le signe rédempteur du monde, moi qui suis le présent je te bénis dans l'avenir, ô peuple d'Apulie, mon peuple bien aimé!

TONIO

C'est beau! C'est beau cela, et comme vous le dites!

CAVALCANTI

De ce discours dépend la popularité: si vous pouviez paraître improviser, vous séduiriez Tarente!

TONIO

Au couvent, j'apprenais ma leçon, en la lisant deux fois. Vous serez près de moi, au balcon, j'imagine.

CAVALCANTI

Non, je vous écouterai, ouvrant cette fenêtre.

TONIO *(boudeur)*.

Je vous veux près de moi *(rumeurs au dehors à gauche)*.

CAVALCANTI

Je vous obéirai, quand vous serez le Prince; jusque-là, je commande.

SCÈNE VII

LES PRÉCÉDENTS puis LE PROVÉDITEUR

Les deux battants de la porte du fond s'ouvrent : on voit le groupe municipal et des gardes à pertuisanes. Entrent trois pages portant sur un coussin de velours pourpre, l'un la couronne : l'autre l'épée, le troisième tient le drapeau. Le Provéditeur, en noir, collier des ordres au cou, fait trois révérences. Tonio tourne le dos au public. Cavalcanti à gauche a repris son épée et la tient au clair en une posture d'ordonnance. Rumeurs croissantes au dehors. Coup de trompettes.

TONIO

Salut à vous, Seigneur, et gloire à Dieu.

LE PROVÉDITEUR

Au nom de Frédéric, roi de Naples et Sicile, au nom des municipes, moi provéditeur, je salue Votre Altesse, et Prince de Tarente et grand-duc d'Apulie.

(Second coup de trompette : le provéditeur prend le coussin où est la couronne et la présente).

TONIO *(coiffant la couronne).*

Plaise à Dieu que ma vertu rehausse d'éclat ce cercle d'or *(le provéditeur lui présente l'épée)*.

Plaise à Dieu que ferme soit ma main aux intérêts commis.

(le page qui tient le drapeau vient et l'incline).

Plaise à Dieu que ce drapeau se plisse aux baisers des victoires.

(Troisième coup de trompette).

VOIX (*confuses*).

Le Prince ! Qu'on le voie ! Le Prince qu'il se montre !

LE PROVÉDITEUR

S'il plaît à Votre Altesse, je la précèderai au balcon du Palais, pour l'annoncer au peuple.

(*Le provéditeur sort à reculons, suivi des trois pages, les portes se referment*).

SCÈNE VIII

CAVALCANTI. — TONIO

TONIO

Suis-je pas un Tarras? vous ai-je contenté?

CAVALCANTI

Vous êtes admirable ; relisez le discours par grâce !

(*Il lui donne les deux feuillets et va ouvrir la grande fenêtre du pan de gauche; par où doivent venir et les voix de la foule et la voix du provéditeur*).

LES VOIX

Le Prince ! Qu'on le voie ! Le Prince ! Vive le Prince !

(*coup de trompette*).

LA VOIX DU PROVÉDITEUR

Gens de Tarente et d'Apulie (*rumeurs décroissantes*).

Antoine le Cruel dont la fin fut tragique laissa un fils...

UNE VOIX

Une fille.

LA VOIX DU PROVÉDITEUR

La raison politique le fit inscrire fille à la chapelle du Palais. Il a grandi, dix ans, dans le moustier de Lecce. Sa Majesté Frédéric nous rend aujourd'hui le prince légitime.

LES VOIX

Vivat ! Le Prince ! Qu'il paraisse !

(La porte s'ouvre et laisse voir le même groupement qu'à la scène précédente : Tonio qui a relu à voix basse son discours le tend à Cavalcanti).

TONIO

Je le sais par cœur, assurez-vous.

(Il remonte la scène passe le seuil, la porte se referme).

SCÈNE IX

CAVALCANTI *(seul)* et les *VOIX DU DEHORS* qui toutes doivent venir à l'oreille du spectateur par la fenêtre du pan à gauche, près de laquelle Cavalcanti défaillant d'émotion *(coup de trompette)*.

VOIX DU HÉRAULT

Son Altesse Sérénissime Tarras Antonio, du nom deuxième.

VOIX *(explosion d'enthousiasme)*.

Vivat ! Noël ! Noël ! Vivat l'Angelino ! l'Angelino !

CAVALCANTI *(descendant un peu en scène).*

Pour ce surnom exquis, ô peuple, je te voue tous mes soins, ô peuple poétique et tendre, tu subis son invincible charme.

(Coup de trompette. Silence par degrés).

LA VOIX DE TONIO

Salut ! mon peuple et silence à tes mille voix, si tu veux entendre la mienne.

Je ne suis qu'un enfant et je n'ai que mon cœur : j'ignore tout de la vie et du monde. Hier encore, je chantais des cantiques : je sais ce que Jésus fait apprendre à ses anges, Peuple, je sais aimer !

LES VOIX

Noël ! Vivat l'Angelino !

LA VOIX DE TONIO

Je vais tenir d'une sorte trop douce le sceptre d'Apulie ; mais je me fie à vous, Tarentins ; au lieu d'un joug, je jetterai un charme ! Comment se fait-on craindre, je le veux ignorer. Oh ! vous me nommez bien ; vous n'avez dit ni le fort, ni le juste, vous avez dit « l'Angelino ». Ce cri de votre cœur me dicte mon devoir. De ma frêle jeunesse, je me fais un prestige. Cosme de Médicis se dit père du peuple, moi peuple d'Apulie, je me dis ton enfant.

CAVALCANTI

Que je voudrais l'apercevoir ?

LES VOIX

Noël ! Vivat !

LA VOIX DE TONIO

Et tu m'adopteras ! je te rapporte la fierté, l'autonomie, l'indépendance ! Je suis l'Angélino par Dieu même envoyé pour rendre la culture à l'Apulie et Tarente à l'histoire.

LES VOIX

Vivat ! Vivat !

TONIO

De Mare Piccolo à Mare Grande, des sept arches du pont aux quatre cents créneaux de la citadelle sacrée, annoncez par la voix, annoncez par les jeux, les danses et les fanfares, que la gloire revient, la noble absente, les annales se rouvrent et la postérité de nouveau vous regarde.

VOIX

Vivat l'Angelino !

TONIO

Et toi, Vulturne, au vol vertigineux, de l'Ofanto au Gargano, en Peucétie et en Daunie, charrie, essème et profusionne cette bonne nouvelle, qu'il est venu l'Angelino renouveler la vieille terre d'Apulie par son sourire.

VOIX

Noël ! Vivat Antonio !

CAVALCANTI

Et sa péroraison, l'oublie-t-il ?

LA VOIX DE TONIO

J'incarne ton génie... Je suis de la patrie le vivant ostensoir ; je suis... ô peuple... ton hostie. . A genoux, à genoux !... *(Cavalcanti tombe lui-même à genoux).* Et comme rien ne vaut où Dieu n'est pas mêlé : au nom de la patrie qui a mon cœur pour tabernacle, je saisis ce drapeau *(Cavalcanti saisit le drapeau qui est à portée)* il est tout le passé, je l'élève et je trace dans l'air extasié le signe rédempteur du monde, moi qui suis le présent..., je te bénis dans l'avenir. — O peuple d'Apulie, mon peuple bien aimé.

LES VOIX

Noël ! Noël ! L'Angelino !

CAVALCANTI *(descend en scène, le drapeau à la main, et, tandis que se prolonge l'acclamation, il contemple l'étendard et enfin cédant à son enthousiasme.*

Lange de tous les fils, manteau de tous les pères, suaire des héros, étoffe teinte à la veine du peuple, salut ! drapeau.

Salut ! Ta hampe est le grand mât de l'Argo national, ta hampe est la colonne où un peuple s'appuie : il est mort si tu penches ; si tu tombes, avili. Salut drapeau !

Salut ! voile gonflée par toutes les poitrines, orgueilleux labarum, aile éployée des foules palpitantes, tu portes dans ton vol le destin d'une race, symbole généreux de la noble Apulie. Salut drapeau !

SCÈNE X

CAVALCANTI. — TONIO

CAVALCANTI

Tout a été propice. Entrer la nuit avec escorte dans une ville très gardée ; se faire reconnaître par ceux mêmes qu'on dépossède ; enlever le suffrage du peuple : tout cela en un coup, tout cela en deux heures ; n'est-ce pas fantastique ou plutôt providentiel ? Les anges, mon cher Prince, ont combattu pour vous.

TONIO

Leur aide c'est la vôtre ? Pénétrer ainsi sans coup férir...

CAVALCANTI

L'officier de garde dépêcha un page à la provéditrice. Elle gouverne ici : elle ordonna de nous laisser entrer.

TONIO

Cette femme à qui je succède, l'avez-vous vue ?

CAVALCANTI

Tout à l'heure, j'ai parlé à son cœur, je lui ai peint votre jeunesse : elle promit de gagner son mari, elle a tenu parole.

TONIO

Eh bien! au lieu de me sentir plein de reconnaissance, l'envie de l'embrasser — d'instinct, je la déteste.

CAVALCANTI

Comme le cœur pressent ses ennemis!

(Haut) Demain sur un cheval au beau caparaçon vous parcourez la ville; et bientôt le plus joli des Princes en deviendra le plus aimé.

TONIO *(rêveur et s'appuyant à Cavalcanti).*

Oui, c'est beau le pouvoir et quel gentil bonnet que la couronne? En quittant le moustier j'étais tout au bonheur de m'enfuir avec vous; je n'imaginais pas d'autre joie. Mais en sentant le diadème sur mon front, en tenant ce drapeau, en parlant à ce peuple... Ah! faites de moi un prince véritable et dont l'histoire parlera.

CAVALCANTI

Le pouvoir vient de Dieu, ô prince mon élève; vous qui êtes en haut à ceux qui sont en bas, donnez le grand exemple. Le destin vous met-il le pied haut sur les fronts? Marchez dans la lumière!

Un prince, ce n'est point un banal héritier, il se doit d'incarner l'abstrait royal; sinon il s'avoue bâtard par l'âme. Cette foule qui acclamait, bénéficie de l'ombre où elle grouille...., Voyez ce rayon de soleil et la poussière qui y danse. La poussière est Tarente, vous êtes le rayon, car vous êtes le prince.

TONIO

C'est vous, c'est vous le prince : je ne suis qu'un enfant.

CAVALCANTI

Vous êtes le vrai prince, Altesse de beauté, Cavalcanti n'est qu'un très noble atome parmi votre rayonnement. Le propre du monarque n'est pas d'être un génie, un héros, mais de les susciter, les mettant en leur place. Hier indifférent au sort de l'Apulie je deviens aujourd'hui un ministre rigide, car un rayon de vous m'a fécondé.

TONIO

Cœur généreux et parole charmante !

CAVALCANTI

Tout capitaine eût tenté l'aventure, à son profit ; moi, je n'ai vu que vous. L'Égyptienne statue vibre des sons puissants, quand le soleil la frappe. Votre beauté m'a fait homme d'Etat. Je suis le maître de Tarente tant que vous vous m'écoutez : et vous m'écouterez toujours. Cependant... vous si jeune... que la vie n'a pas encore déçu, vous ne comprendriez pas qu'on préfère être le roi d'un cœur que l'empereur d'un monde.

SCÈNE XI

TONIO puis LA MARQUISE

TONIO *(à la marquise qui survient).*

Je vous dois des remerciements, et mieux des gratitudes de la reconnaissance, enfin...

LA MARQUISE

Si l'on m'a gagnée à votre cause, c'est celui qui la plaida qu'il faut remercier.

TONIO

Oui, oui, je sais qu'il m'aime.
Que feriez-vous, si vous m'aimiez?

LA MARQUISE

Je chercherais la couleur à la mode qui vous agrée le mieux; je changerais trois fois le jour de robe, et de ce soin serai payée, si vous me déclariez jolie...

TONIO

Bon! C'est de la toilette. Et puis?

LA MARQUISE

Toutes les occasions d'être seule avec vous, je les rechercherais voulant vous enlever et vous cacher à tous et que vous n'existiez enfin que pour moi seule.

TONIO

Ceci, de l'égoïsme, au plus haut point. Après ?

LA MARQUISE

Enfant ! Votre Altesse, demandera la suite à Cavalcanti *(révérence).*

Exit.

SCENE XII

TONIO *(seul).*

Ainsi voilà l'amour ! on s'habille, on fait le paon, et puis on accapare un être à son profit... Oh ! je n'ai pas senti si médiocrement ! Le frère jardinier concevait le bon Dieu, l'arrosoir à la main se penchant sur les âmes élues, devenus lis et roses ; chacun d'après lui se figure l'amour et Dieu ? Comment me figurer l'amour d'après moi-même ! Je m'ignore et j'ai beau me chercher dans la Bible ; je ne m'y trouve pas. Dieu crée l'homme... Adam... Cavalcanti : puis il crée la femme... Eve... la marquise. Et moi quand me crée-t-il ?

Elle a dit que j'étais un enfant ; en grandissant, je deviendrai Adam ou Eve, Cavalcanti ou la Marquise, forcément. Non, je ne fais que passer sur la terre : je mourrai jeune et beau, comme je suis.

Eh ! ne m'a-t-il pas dit d'une façon fort claire ce que

je cherche tant : « Quand un ange s'égare sur la terre on l'appelle androgyne. »

Je ne suis donc ni Eve, ni Adam, ni lui, ni elle, je suis l'Ange égaré, l'Androgyne.

SCÈNE XIII

TONIO assis — CAVALCANTI sombre.

TONIO

Aimer c'est, paraît-il, préférer un être à tous les autres, et vous me préférez ! Seyez-vous près de moi *(il obéit)*.

CAVALCANTI

Aimer, c'est faire un Dieu, c'est faire pour ce Dieu tout ce qu'on devrait faire pour le grand Dieu, pour l'autre. Mais, comme nul en ce triste monde n'est parfait ! il ne nous faut aimer que la beauté d'un être et lutter contre tout le mal qui est en lui. Donner sa vie heure par heure et son sang goutte à goutte, c'est un jeu, un plaisir : la moitié seulement du véritable amour !

TONIO

Comme il en parle, quelle sublimité : pourquoi vous taire ?

CAVALCANTI

Au véritable amour, la mort ouvre la voie d'Eternité, mais les âmes des corps délivrées sont souvent séparées pendant le Purgatoire.

TONIO

J'ai gagné tant d'indulgences et plénières.

CAVALCANTI

Il faudra satisfaire la stricte justice. Vous n'avez pas péché Tonio ; mais moi.....

TONIO

Partageant dam et mérite, je ferai la moitié de votre Purgatoire et ainsi, nous ne nous quittons pas.

CAVALCANTI

Cher ange, Dieu lui-même ne peut barrer de miséricordes sa terrible équité.

TONIO

Méchant d'avoir péché ! Oh ceux qui pèchent n'aiment pas ! Qu'a-t-il donc d'enivrant le péché, pour qu'un être, aussi grand que vous, y tombe ?

CAVALCANTI

Moins grand, je serais moins tombé, ô mon céleste enfant ! Le péché c'est le manque d'amour, je t'appelais, à cœur perdu, et j'avais soif de toi et tu ne venais pas. Alors n'ayant pas la force d'attendre, ni l'espoir de te trouver jamais, j'ai bu indignement !

TONIO

Tais toi... n'explique pas .. cela me fait souffrir, tu avais soif de moi... et tu as bu à d'autres... Va-t-en... je ne vous aime plus !

CAVALCANTI

L'expiation commence! votre geste m'écarte, comme au lendemain de la mort, la norme qui purifie par la souffrance...

TONIO

Non, non, je ne veux pas que tu souffres sans moi, je veux tomber aussi, je veux pécher....

CAVALCANTI

Ton salut!

TONIO *(en crescendo d'exaltation).*

Mais, c'est toi, mon salut présent et éternel... je ferai s'il le faut d'atroces fautes... mais boire à d'autres... je ne le pourrai pas... Entrer au paradis joyeux, tandis que la moitié de moi-même, la très chère... Si tu vas en enfer vive l'enfer... je veux pécher, te dis-je, ma pureté nous sépare, dis-tu, meurre ma pureté! *(il s'abat sur la poitrine de Cavalcanti).*

CAVALCANTI

On peut mourir après avoir entendu çà! vous m'avez en ces mots donné tout le bonheur qui peut être sur terre.

LA MARQUISE *(paraissant à une porte à droite).*

Jouée! je suis jouée! ils s'aiment!

TONIO

O mon frère! O mon maître, vous l'être préférable à tous les êtres! *(Cavalcanti fléchit un genou).*

Vous avez mis sur mon front une couronne ; je ne mets sur le vôtre qu'un baiser *(elle écarte les cheveux de Cavalcanti et le baise)* mais il contient toute mon âme.

Exit (confuse de son émotion).

SCÈNE XIV

CAVALCANTI est resté à genoux, extasié — LA MARQUISE

LA MARQUISE

Cavalcanti ?

CAVALCANTI

Madame !

LA MARQUISE

Giorgio ?

CAVALCANTI

Marquise !

LA MARQUISE

Vous m'aviez promis vos loisirs et de lire certain pli.

CAVALCANTI *(tire le papier de sa ceinture et lit).*

« Au provéditeur de Tarente, marquis Buodelmonte, salut ! Le Cavalcanti est dangereux : qu'on le pende ! Ne couronnez pas le frérot, et attendez un express ; au besoin je viendrais en personne. » Ah ! la réalité nous reprend vite au tournant du rêve : deux fois vous nous sauvez, Madame !

LA MARQUISE

Cela m'a peu coûté ; cela me vaut beaucoup, si par ce soin complice, je pénètre en votre âme. La femme de vingt ans qui prend parti, intrigue et dupe son mari, obéit à son cœur : vous fûtes éloquent... D'où vient ce dévouement mystique pour un enfant?...

CAVALCANTI

Lorsqu'un enthousiasme ouvre ses ailes en nous, on obéit à l'impulsion, sans analyse.

LA MARQUISE

Mon aumônier m'a dit quand j'étais peu croyante : « Faites les actes de la Foi, la foi viendra. » Moi je vous dis : ayez les dehors de l'amour, en attendant qu'il vous pénètre.

CAVALCANTI

Cette femme me tient par quelque trame obscure. *(Haut).*
Les dehors de l'Amour, je suis un hardi cavalier et......

LA MARQUISE

Eh ! ne prenez donc pas ce soin de ma vertu ! Ne me défendez pas contre vous-même, venez vous asseoir là et me donnez la main.

TONIO *(s'arrête au seuil, stupéfait).*

Oh !

LA MARQUISE

A genoux, pour que je vous pardonne, cette insensibilité d'Hycarnien !
Je veux sur votre front mélancolique poser mes lèvres.

TONIO (*éclatant*).

Ma caresse ! (*s'élançant*) je ne veux pas !

LA MARQUISE

Je vais annoncer à Tarente le tendre attachement du Prince pour son capitaine.

TONIO

Hors d'ici !

LA MARQUISE

Cette jalousie à la mienne semblable ! Eh, je n'en doute plus, ce faux jeune garçon est en réalité la princesse Antonia, la fille de Tarras, ma rivale.

SCÈNE XV

TONIO-CAVALCANTI.

TONIO (*sarcastique*).

Il ne nous faut aimer que la beauté d'un être et lutter contre tout le mal qui est en lui... Donner sa vie heure par heure... et son sang goutte à goutte, c'est un jeu, un plaisir... Ce moment éclaire ton passé. Oui, pour des Giovanna, tu compromis ton éternel salut... Menteur... menteur et lâche !

CAVALCANTI

Si vous saviez votre injustice, vous pleureriez !

TONIO

Valez-vous une larme! Honte sur vous! J'aurais vendu mon âme, donné ma part de paradis, jeté ma pureté comme un lest inutile, et marché dans le sang pour ne pas le quitter! il tend son front consacré par ma bouche, offrant la même place aux lèvres d'une femme impure *(pleurs)*.

CAVALCANTI

Vous écoutez la voix de votre cœur qui crie. La Marquise a guetté et surpris notre effusion. Oh! si je subissais la sacrilège imitation de votre divine caresse, en voici la raison :

TONIO *(lisant à travers ses larmes)*.

« Le Cavalcanti est dangereux ; qu'on le pende! » *(exclamation puis après il rend le pli à Cavalcanti)* Même averti que c'était comédie, j'en aurais trop souffert. Vous voir aux genoux d'une femme et par elle baisé... je ne garderais pas ma couronne à ce prix. Oh! ce que j'ai subi d'angoisses. L'enfer, oui, ce doit être de voir celui qu'on aime caressé par une autre Oh! me pardonnez-vous?

CAVALCANTI

Dans les rôles inverses, je n'eusse pas été plus sage. Dès cet instant nous voilà en péril. Allez vous montrer à mes hommes : demain notre sort dépendra, peut-être, de leur incertain dévouement.

Exit Tonio.

SCÈNE XVI

CAVALCANTI. LA MARQUISE (*revient lentement*).

LA MARQUISE

Vous ignorez certaines âmes, languissantes ou futiles longtemps, elles flambent d'un coup, se révélant de feu à la rencontre de leur rêve. L'amour est le seul Dieu des femmes vraiment femmes. Heureux et satisfait, il grandit, il épure : repoussé, il peut engendrer tout le mal... Que feriez-vous, si vous aimiez qui ne vous aime pas?

CAVALCANTI

Quand même! telle la grande devise : le bonheur c'est donner et non pas recevoir : on peut toujours donner.

LA MARQUISE

Quand vous êtes venu, apportant cette nuit ce Prince dans vos bras, si vous m'avez conquise avec quelques paroles, si je vous ai servie, demandant un baptême d'estime et vous donnant le pli qui vous perdait...

CAVALCANTI

Eh bien!

LA MARQUISE

Eh bien! Ce roman d'aventure me paraît enfantin, vous aimez cet enfant comme une œuvre et par besoin de dévouement : votre cœur reste libre pour une passion.

CAVALCANTI

Mon cœur est tout rempli par ce très pur poème.

LA MARQUISE

(A part) Je veux voir en ton âme, y voir éclatement ! Eh bien ! Je vais d'une parole te combler plus encore que depuis l'aube je n'ai fait : tu l'adores ton Prince ; son sexe te désole. Avoue donc ton amour, tu le peux, car Tonio est Tonia et le prince la princesse. Tu aimes la princesse Antonine ; l'enfant de Tarras le Cruel qui n'eut jamais de fils.

CAVALCANTI

Ah ! ne vous jouez pas de moi, par grâce, Antonio serait Antonia...

Soyez bénie, ô vous qui délivrez mon âme d'un écrasant fardeau !

LA MARQUISE

Sois maudit ! Cavalcanti je t'ai tendu un piège pour avoir ton secret... Ah ! la folie me gagne... si je n'espère plus, il me faudra mourir. Pourquoi as-tu paru ? Pourquoi as-tu parlé ? Pourquoi as-tu renouvelé mon âme par des mots ; pourquoi diffères-tu des autres, comme Dieu des mortels, pourquoi es-tu meilleur et doux ?

CAVALCANTI

Pauvre âme !

LA MARQUISE

Oh ! garde ta pitié !... Demain... un jour, quand je ne pourrai plus supporter ma souffrance... je te tuerai !

CAVALCANTI

On ne tue pas celui qu'on aime.

LA MARQUISE

On le perd! Sais-tu quel poison distille un amour dédaigné : amertume du miel, froidissement du vin, mixture vénéneuse de baisers repoussés, de caresses éconduites. *(Elle frappe sur le timbre, un page paraît).* Un courrier à l'instant *(elle va à la table et écrit vite, Giacomo paraît).* L'ami, Frédéric est à Naples; à cinquante-huit lieues, cents ducats pour rapporter la réponse à ceci, sans débrider.

GIACOMO *à Cavalcanti*

Capitaine dois-je obéir? *(Cavalcanti fait « oui » de la tête).*

LA MARQUISE

Ce que dit ce billet, le sais-tu?

CAVALCANTI

Je le laisse partir parce que cela me sert : je dois voir Frédéric et préfère qu'il vienne ici, pour ma sécurité.

LA MARQUISE

Ma haine à l'avenir méditera ses coups.

CAVALCANTI

Ah! vous déshonorez l'amour, silence! On ne prend pas un cœur, de force comme une citadelle, on le mérite et on l'attend.

LA MARQUISE

Pitié, mon Cavalcanti ! Bâillonne cette bouche qui te blasphème ; lie ces mains d'esclave caressante et cependant qu'attirent les poignards : enferme-moi dans un cachot profond, afin que nul n'entende ma vocifération jalouse ! Rends-moi impuissante à te nuire. Je me sens double : je donnerais ma vie..., et je prendrais la tienne. Je suis capable de le tuer ton Prince,... tu ne le crois pas, insensé, qui juges d'après toi ; là, où tu réfléchis, une femme s'enrage.

CAVALCANTI *(solennel).*

Vous dont l'amour s'exprime par la haine... Oh ! vous que j'estimais... vous que j'aurais aimé, vous rencontrant plus tôt.

LA MARQUISE

Que va-t-il dire ? Cavalcanti un mot de tes lèvres tombé peut m'écraser le cœur.

CAVALCANTI

Maintenant, devant Dieu qui nous voit ; sur mon cœur et le vôtre, mon estime est bien morte et mon admiration ; créature grossière, indigne d'un grand cœur — oui, je l'adore, lui — et vous Giovanna, marquise Buodelmonte ! — je vous méprise.

LA MARQUISE

Oh ! *(Cri, élan, elle arrache la dague de la ceinture de Cavalcanti et la brandit. Celui-ci, croise les bras et la fixe sans crainte. Le bras de la marquise retombe ; l'arme lui échappe, elle recule et s'évanouit ; surgit le prince qui s'élance).*

TONIO

George ! ce cri et cette femme à terre et ce poignard tombé... *(à part)* Le voilà ce péché qui m'associe à lui, en purgatoire. *(haut)* Cavalcanti une grâce : apprenez-moi à tenir une épée !

Exeunt.

TROISIÈME ACTE

Décor de l'acte précédent, costumes plus riches.

SCÈNE Ire

Quand le rideau s'ouvre, TONIO fait un mur, espadonnant avec un fleuret dans le vide.

TONIO *(s'escrimant).*

A toi, Giovanna..., à toi ce coup... à toi, cet autre ! Encore ! Quelle fatigue ! Cavalcanti est parti si vite que je n'ai pu lui demander leçon. Au corps de garde hier, j'applaudissais à une passe ; Giacomo dit : « Voilà le coup secret de Cavalcanti. » Tuer la Buodelmonte par la botte du condottiere, c'est l'idéal de mon péché, de ma vengeance.

Ma vengeance, vraiment ! Est-ce bien moi qui pense, et le doux moinillon qui parle ; un enfant qui s'exerce pour tuer une femme. Une femme ! je suis cela, j'ai senti tout à coup, au clair de mon intérêt, qu'il était même que celui de la marquise : et tout s'élucida. Giovanna ; tu ne pensais donc pas que je réfléchirais ? Le Prieur connaissait mon secret ; mais Georgo : « Si vous étiez » il entendait, une femme « je vous dirais que je vous aime ».

Absent deux jours, nous voilà au troisième et le palais m'ennuie comme autrefois le monastère. Si j'ai souhaité liberté, aventure c'était pour le chercher : je me suis applaudi du pouvoir pour mieux plaire. La princesse disparaît déjà dans l'amoureuse ! Ce féminin me fait rougir à prononcer ! Je suis Antonia unique fille d'un prince très méchant *(regard vers le portrait baisé au 2e acte)* et de sa douce victime la duchesse Amalfi. O mes tristes aïeux, votre histoire, je l'ai lue avec effroi !... La loi de Pouille ne permet pas aux femmes de régner. O mon sexe reste un secret ! Je ne veux pas d'éveil à ce rêve d'une vie double, prince le jour, pour tous ; la nuit princesse et pour lui seul. Prince, princesse, Tonio, l'Androgyne, la vierge Antonia auront le bref identique destin : O vie sois-moi propice je ne fais que passer ! La plénitude de ma coupe la condamne à verser.

Quinze ans, prince et princesse, beau et belle, vierge et vierge, aimée par un sublime esprit que moi-même j'adore : non, rien n'augmenterait cette fortune entière !

J'ai vécu la prière et le recueillement ; me voici sur le faîte humain, vêtu de pourpre et couronné, mêlé aux destinées latines et devant moi l'extase de l'amour absolu, qui se lève en soleil,

Qu'ajouter à mon heur ? La gloire ! En laissant mon portrait, je survivrai ! Cavalcanti écrira l'histoire du petit prince de Tarente... de Byzance ; et plus tard, un poète retrouvant ce portrait et ces brèves annales, évocateur ému, sublimera mon aventure.

SCÈNE II

TONIO. — CAVALCANTI

TONIO

Enfin !

CAVALCANTI

Aucun courrier, rien de Sicile ?

TONIO

Non !

CAVALCANTI

Et de Naples ?

TONIO

Non plus !

CAVALCANTI

La marquise ?

TONIO

Non ! Vous avez bien tardé.

CAVALCANTI

Oh ! j'eusse préféré me coucher à vos pieds que courir les chemins dans un but de justice, impossible.

TONIO (*à part*).

Le Connétable pour l'instant remplace l'amoureux.

CAVALCANTI

J'ai voulu voir et j'ai trop vu : ici le brigandage et l'incurie ailleurs ! Malheureuse Apulie ! La réserve du blé pourrit, faute d'un toit et dès la nuit pas un chemin n'est sûr ; le régent Paolo prête à usure. J'ai dû casser pour concussions insignes, nombre de fonctionnaires. Le peuple a dit « vivat » mais peuple est changeant : le moindre basochien de Gênes ou d'Avignon, aidé de quelque tonne en perce, effacera tout mon mérite ! On ne rend pas la justice, on la vend : à son emploi, nul n'est propre. Le commis aux finances dessinateur charmant et un soudard, recteur de l'Université ; un traducteur d'Horace pour évêque : et l'Apulie possède autant de provéditeurs que d'habitants. Pour tailler un pourpoint, ciseler un pommeau, on fait apprentissage ; s'agit-il de la chose publique, chacun est compétent ! Un déchargeur du port m'a donné son avis sur les secrets desseins de Frédéric, et un marchand de vin son sentiment sur la prochaine investiture.

Comment se nommait le crétin, qui proféra un soir d'ivrognerie à cet enfant du peuple qu'il n'était pas mineur et pouvait se gouverner lui-même. Je ne laisserai pas déshonorer le pouvoir en ma personne ; je serai la main-forte et sévère, tandis que vous viendrez, avec vos droits de grâce et semeur de pardon, récolterez l'amour ! — Et vous qu'avez-vous fait ?

TONIO

Je vous suivais par la pensée ! Contre vos taciturnités

mon sourire se bat comme un pâle rayon dans un ciel nuageux. Hier à la Loggia, j'admirais une passe d'épée. « C'est la botte de Cavalcanti », a-t-on dit; vous allez me l'apprendre sur l'heure.

CAVALCANTI

Bizarrerie !

TONIO *(l'entraînant).*

Cela tourne mal toujours, quand vous me refusez; venez beau spadassin.

(Exeunt).

SCÈNE III.

LE PROVÉDITEUR et LA MARQUISE

LE PROVÉDITEUR

Ils vont à la salle d'armes, et ce que j'ai à dire ne souffre ni retard, ni témoin. Madame vous m'avez trahi d'une trahison double ! Le condottiere se cachait derrière la poupée byzantine qu'on acclame à tout propos, en un réveil du parti national. Puis, vous passez pour une virago ! Pages et lansquenets se gaussent, racontant qu'après de longs éclats de voix, on vous a relevée évanouie à côté d'un poignard, tandis que Cavalcanti dédaigneux s'en allait !

LA MARQUISE

Je ne suis pas aimée; c'est un tant mieux pour vous !

LE PROVÉDITEUR

Vous n'êtes pas aimée et je suis ridicule ; on ne rompt pas les biensêances, Madame ! Je ne me flattais pas d'éviter l'aventure, je l'espérais discrète, voilà tout. O misérable jour où mon mauvais génie vous poussa sur mes pas.

LA MARQUISE

O misérable jour où naît la beauté pauvre et mauvais le génie qui destine les marquis vieux et laids à réparer les torts de la fortune, auprès des jolies filles. Oui, Messire mais l'un s'enchaîne à l'autre et vous le mauvais riche n'existez qu'en intendants, des belles femmes. De quels accords se fait l'éternelle harmonie ? On dit qu'il faut pour que le monde tourne, qu'il porte des penseurs en nombre égal aux jours qu'il met à se virer. La beauté c'est la pensée du corps : il faut à cette terre des êtres qui soient les astres de la forme !

En Grèce seulement, la Norme fut suivie : ailleurs la beauté méconnue s'affronte à deux horreurs : le mariage obscur ou la galanterie : et la galanterie vaut mieux pour elle. Elle luit, dans la boue mais elle luit, obéissant aux lois de son essence. Les modernes ont construit des couvents à la foi, des collèges à l'étude ; tous les dieux ont leur temple, leurs prêtres honorés : le beau seul est proscrit ! Que demain s'abatte, en votre parc, un oiseau rare, il aura son perchoir, un perron, et on s'informera près des naturalistes de la patée qui lui convient !

Qu'une vierge demain s'égare en ce palais, elle sera ousalie ou chassée ; la beauté, ô grossiers est faite de lumière, fixée ; sertissez le diamant et ne le rayez pas de luxure !

LE PROVÉDITEUR

Le Ficin vous embrasserait, mais un mari dupé...

LA MARQUISE

Dupé ! vous étiez vieux et j'étais vierge ; belle, vous étiez laid. Vous m'avez acheté au prix d'un nom sali et d'une fortune volée. Vous m'avez prise pour ma beauté et ma beauté ne mentait pas, tandis que votre nom sert de surnom aux ministres improbes, comme on dit Ganelon de tous les traîtres.

LE PROVÉDITEUR

Parlons de ce qui nous unit, non de ce qui sépare marquise Buodelmonte.... marquise Ganelon.

LA MARQUISE

Soit ! Cavalcanti ne m'aimera jamais, je l'adore ; il faut qu'il meurre.

LE PROVÉDITEUR

Dire que c'est sincère !

UN PAGE *(survenant)*.

Votre grâce, le sergent à Naples envoyé revient avec une réponse. *(La Marquise fait signe d'introduire. Entre Giacomo, qui présente le pli)*.

LA MARQUISE *(au Provéditeur)*.

J'ai promis cent ducats à cet homme *(lisant)* « J'arrive Frédéric ».

LE PROVÉDITEUR

Cent ducats pour deux mots ; le coût est trop royal (*à Giacomo*) Voilà ma bourse, tu t'en contenteras.

GIACOMO *(qui a soupesé la bourse).*

Traîtrise à qui paye mal ! J'ai lu, j'avertirai le capitaine.

LE PROVÉDITEUR

Voilà qui est agir (*il lui baise la main*). On s'entend toujours mieux et plus longtemps en calculs d'intérêt qu'en tendresses.

LA MARQUISE

Laissons la place !

(*Exeunt*).

SCÈNE IV

LE CAPUCIN (*au page*) *CAVALCANTI*

J'attendrai. *(à Cavalcanti qui paraît)* Je vous salue, seigneur, en Jésus-Christ.

CAVALCANTI

Je vous rends ce salut !

LE CAPUCIN

Je viens vous parler de votre âme.

CAVALCANTI

J'ai fait ma théologie.

LE CAPUCIN

Connaissant les sciences sacrées, vous savez les diverses luxures?

CAVALCANTI

Neuf, mon Révérend, comme les muses...

LE CAPUCIN

Vous savez donc la malœuvre de chair huitième.

CAVALCANTI

Qui vous envoie?... Vous m'agacez!

LE CAPUCIN

A tout péché un autre se peut joindre, qui l'aggrave! Le pécheur qui dans l'ombre trébuche ne répond que de lui au juge souverain.

Mais celui qui pèche ayant tous les regards sur lui, devient coupable en raison de son rang.

CAVALCANTI

Mais celui qui s'entête dans l'injuste soupçon, offense le Saint-Esprit, lui-même.

LE CAPUCIN

On m'avait dit que vous étiez sophiste, néoplatonicien!

CAVALCANTI

Ne touchez pas à Platon, c'est un Père d'avant l'Eglise, le premier il conçut l'amour, hors du sexe, au-dessus du plaisir.

LE CAPUCIN

L'amour est fait de chair.

CAVALCANTI

Vous avez peu vécu et passé de la ferme au séminaire, destiné aux besognes communes de la foi, vous n'avez pas mandat auprès des grandes âmes.

Il existe, mon père, des êtres si subtils, que l'émoi de leur cœur, au lieu de descendre à leurs reins remonte vers l'esprit.

LE CAPUCIN

Je n'y crois pas.

CAVALCANTI

Vous n'avez pas le droit d'un démenti : Si nous ôtions tous deux notre manteau, il faudrait s'incliner devant moi, je vous suis supérieur.

LE CAPUCIN

L'opinion vous accuse et mon zèle me pousse.

CAVALCANTI

Sortez.

SCÈNE V

CAVALCANTI, puis LE ROI

CAVALCANTI

Étroit esprit, excellent au village, que viens-tu faire en cette cour? Accuser la beauté de ton prince, le dévouement de son ministre. Il est sincère et croit obéir au devoir *(il s'assied à la table et range des papiers)*. Giacomo a lu la réponse royale *(le Roi paraît en retire et vient lentement)* « J'arrive, Frédéric ». *(Le Roi frappe fortement sur l'épaule de Cavalcanti qui se dresse, en colère, puis froid et hautain)*.

Sire, vous êtes familier : ma fortune a changé, changez donc vos manières.

LE ROI

D'honneur! vous vous prenez trop au sérieux, mon capitaine. Votre manteau de pourpre vous aveugle, connétable d'hier, dès ce soir potençable! *(il s'assied, croise ses jambes, Cavalcanti l'imite)*. Je vous écoute.

CAVALCANTI

Je vous attends.

LE ROI

Vous avez à répondre de haute trahison?

CAVALCANTI

Vous avez à répondre de haute perfidie *(il lui montre le pli du 2e acte, ironique)*. « Le capitaine est dangereux, qu'on le pende ».

LE ROI

J'avais raison, puisque vous déjouez mes trames. L'événement du moins, tournant si bien pour vous pourquoi réveiller à Tarente l'idée patriotique? Défendez-vous, même contre le roi, mais ne blessez pas la patrie.

CAVALCANTI

Je n'ai pas de patrie ; je passe, en étranger sur ce monde mauvais ; déchu des sphères supérieures pour un péché mystérieux, je suis une âme en peine qui fait son purgatoire parmi les hommes : ne me demandez pas d'aimer ma geôle, prisonnier ; d'oublier, exilé, ma patrie véritable, l'au delà, le splendide au delà.

LE ROI

Cette vertu qui reste au cœur des plus infâmes, cet amour du pays où l'on a bégayé et qui survit à tout...

CAVALCANTI

Sire, vous me prenez pour une foule. Cette vertu entre augures s'appelle une raison d'État. Malheureux en Sicile, à Florence choyé, je suis donc Florentin et ministre ici-même, je suis donc Tarentin. La patrie c'est le lieu où l'on aime et où l'on est aimé.

LE ROI

Au diable les condottières lettrés !

CAVALCANTI

Pour tenir ce propos, vous n'êtes pas venu.

LE ROI

Vous traitez, Dieu me damne, de puissance à puissance.

CAVALCANTI

Et que manque-t-il, pour être votre égal, roi de Sicile? Je suis aussi brave que vous; plus beau et plus savant. Votre berceau fut un berceau royal et je suis né sur une route. Réfléchissez, cherchez vous ne trouverez pas à m'opposer d'autres prérogatives que le faste destin d'un berceau bien placé.

LE ROI

Eh demandez-moi donc de vous céder la place? Enfin, qu'espérez-vous?

CAVALCANTI

Rien, je servirai jusqu'au bout du possible, le prince que Dieu me confia.

LE ROI

Un enfant vous inspire ce même dévouement que vous me refusez.

CAVALCANTI *(ironique)*.

« Le connétable est dangereux, qu'on le pende. »

LE ROI

Vous n'étiez à mes yeux qu'un instrument, je vous brisais selon mon droit, de mépriser le moyen pour le but. Épousez mes desseins, vous devenez sacré comme ces desseins mêmes.

CALVACANTI

Il ne faut être tout aux choses que je fais !

LE ROI

(A part) Il a peut être deviné que son Prince est une Princesse ! *(haut)* et si je vous offrais une existence heureuse avec Antonio, abandonneriez-vous Tarente et la couronne ?

CAVALCANTI *(à part)*.

Une existence heureuse et cachée avec lui : plus d'intrigue, l'adoration dans la sérénité ! O formidable tentation *(haut)*. Etrangler son destin, lui arracher cette couronne qui lui sied tant, non !

LE ROI.

Il ignore la vérité. *(haut)* Cavalcanti, ton Prince est une jeune fille ; tu l'aimes, emportes-la, au lieu de barrer mon chemin ou tu seras brisé.

CAVALCANTI

J'ai entendu cela aux lèvres de la Buodelmonte !

LE ROI

Et la marquise disait vrai : ce prince par moi inventé est la fille d'Antoine le Cruel, que je claustrai dans un dessein.... modifié.

CAVALCANTI

Mensonge et piège !

LE ROI

Vous m'ennuyez messire. Espérez-vous lutter et l'emporter ? Je veux en Apulie un serviteur aveugle.

CAVALCANTI

Dut-il tomber ce soir, le Prince, désormais, appartient à l'histoire.

LE ROI

Rêveur, qui traînez des chimères au champ clos de la vie !

CAVALCANTI

Si je disparaissais, le laisseriez-vous régner ?

LE ROI

Tant de naïveté désarme : toi seul me gêne, lui n'est rien qu'un enfant à renvoyer au cloître.

CAVALCANTI

Songez que c'est un orphelin et que Dieu les défend.

LE ROI

Oh ! pas de pathétique. On n'a jamais fléchi ma volonté : adieu. *(mouvement de sortie. CAVALCANTI dégaine et lui barre la porte).* Vous oseriez !

CAVALCANTI *(entr'ouvrant et à la cantonade).*

Je vide un point d'honneur avec ce gentilhomme : au bruit que nul ne vienne *(il referme).*

LE ROI

(A part) Ce fou est maître ici *(haut)*. Mon destin me défend, le Roi ne se bat pas.

CAVALCANTI

L'homme se défendra.

LE ROI

Je suis l'abstrait : Pouvoir *(il dégaine)*.

CAVALCANTI

Je suis l'abstrait : Amour *(ils croisent leurs épées)*.

LE ROI

Tu compares une passion si vaine, n'intéressant que son objet et toi, à ma conception digne de Charlemagne.

CAVALCANTI

Mon cœur est plus grand que le monde : être de volonté instrument du destin, tu n'es pas l'homme de providence, n'existant pas pour Dieu, je t'appelle : néant.

LE ROI

Ce duel en causant, ce croissement d'idées avec ce froissement de fer, me fait songer aux combats homériques, bavards ! *(il rompt)*. Holà ! je me fatigue... tu n'auras plus que la réplique de l'épée.

VOIX DU PRINCE

Une consigne dans mon palais. Suis-je pas le prince ;

je passe *(il entre et se jette entre les épées : la porte reste ouverte, on voit dans le fond les soldats de garde qui reconnaissant le roi se le désignent avec des mimiques diverses)*. George !

LE ROI

Voilà donc ce damoiseau, pour qui tu te perds ? Elle est vraiment jolie ?

TONIO

Quel est ce soldat grossier ?

CAVALCANTI

Le roi Frédéric de Sicile.

LE ROI *(rengaînant)*.

L'énergumène et le gamin sont tous les deux à peindre.

CAVALCANTI

Vous êtes à Tarente...

TONIO

Et j'y règne... Sortez !

LE ROI

A tout à l'heure. Ah ! le joli tableau !... Laissez-moi vous regarder encore. Vraiment j'ai du regret à passer mon épée à travers ce poème.

SCENE VI

CAVALCANTI-TONIO

TONIO *(criant).*

Qu'on l'arrête !

CAVALCANTI

Des mercenaires qui seront à sa solde demain, l'arrêter *(il jette son épée).*

Un coup d'épée heureux coupait à la fois tant de trames, que la moitié de l'Italie me déclarait libérateur. Par une Alpe arrêté, l'ambitieux s'incline, mais buter au caillou l'exaspère ; que sommes-nous sur son chemin, un enfant et un condottière ?

TONIO *(câlin et féminin).*

Quand je disais à Dieu mes rêves pour prières, je n'implorais ni pouvoir, ni palais, je vous demandais vous. Le dernier Tarras disparu, il reste Antonio ; n'aimez-vous que le Prince : certes j'admire le connétable, mais c'est George que j'aime.

CAVALCANTI

Oui, vous êtes un ange ! Mais ce roi sans merci en nous exilant de Tarente, m'exile aussi de vous !

TONIO

Le malheur réunit ceux qui aiment : je vous ai évoqué

en chevalier errant; vous m'emportiez en croupe; et puis je m'endormais le soir sur votre épaule.

CAVALCANTI

Vous exprimer le bien que me font vos paroles, c'est impossible : mais il faut de l'or et beaucoup d'or pour ne pas voir souffrir ceux que l'on aime.

TONIO

L'or? Est-ce si nécessaire!

CAVALCANTI

Hélas! je puis vivre de rien, sans feu ni lieu, errant, mais que vous ayez froid, mais que vous ayez faim. Vous en pourpoint mal taillé et d'étoffe grossière, vos belles mains sans gants... La misère pour vous, la misère avec vous... jamais!

TONIO

Vous assombrissez un tableau où page je vous suis en votre voie de capitaine d'aventures.

CAVALCANTI

Eh! la connaissez-vous, la vie du mercenaire et ses turpidités. Avez-vous entendu les ignobles chansons du reître en marche, le blasphème mêlé au hoquet de l'ivrogne et la sale promiscuité des camps. Votre beauté serait dans ce milieu brutal un objet de propos infâmes qui me mettraient l'épée en main, dix fois le jour.

TONIO

Quittez l'épée : professeurs ou marchands, nombreux

sont qui ainsi subsistent. J'y songe, vous savez peindre, je poserai, puisque je suis joli, on achètera mes portraits.

CAVALCANTI

Le jour où je mettrais la robe de pédant où j'assiérais ma fierté derrière un comptoir de marchand, vous m'aimerez peut-être encore, je me détesterais, vous voir portant mon encrier de corne ou bien aunant du drap dans l'arrière-boutique! Oh! Quant à reprendre mes pinceaux en une prostitution double et de mon art et de mon cœur...

TONIO

Vous m'affolez, en pensant me quitter, en pensant me trahir. Me trahir! je l'ai dit! Exilé, sans soldat, sans personne de suite, sur un rocher sauvage et battu par les flots, je resterais encore Tarras, prince d'Apulie, de par l'hérédité.

CAVALCANTI

Bien dit, royal enfant. Assurez-vous de ma fidélité tout le temps du malheur.

TONIO

Qu'il dure ce malheur qui seul vous retiendra *(par la porte-fenêtre du balcon ouverte d'où est venue la voix du Prince haranguant le peuple au second acte).*

UNE VOIX *(chante).*

Il fût un prince de Byzance
D'une telle vertu,
Qu'il ne distinguait pas
Les sujets des sujettes!
Admirez çà!

Quand il fallut se marier
Sans aviser personne
Naïvement il épousa . . . .
Monsieur son connétable
Voyez-vous çà ?

(Ils ont écouté avec stupeur, Cavalcanti aux derniers mots a saisi une arquebuse et court au balcon).

CAVALCANTI

Lèvres puantes qui bavez sur un ange, fermez-vous pour jamais !

LA VOIX *(reprend)*.

Platon en son banquet
A toasté à la chose...

CAVALCANTI *(il tire)*.

Toaste donc à la mort et râle ton refrain !

TONIO *(tumulte au dehors)*.

Ah ! tu m'aimes... on chantait contre moi : et prudent politique, tu crées une occasion d'émeute...

CAVALCANTI *(au balcon)*.

La place se déserte, balayée de panique, et, sur une civière processionnellement porté, le cadavre du vil chanteur. Des drôles suivent en criant sans doute que le connétable et le prince arquebusent de leur balcon le peuple pour se distraire... Prince pardonnez-moi... Je suis un fou indigne.

TONIO

Te pardonner une imprudence, quand elle prouve ta tendresse?

CAVALCANTI

Oui vous êtes un ange et naturellement sublime !

TONIO

On est donc sublime dès qu'on aime ?

CAVALCANTI *(à genoux)*.

Tonio, je t'adore !

TONIO

Enfin, te voilà donc, George que j'attendais. Tandis que ma couronne s'ouvre et tombe ; ce mot d'amour allume en mon cœur une étoile ! Un flot de plèbe ou de soldatesque va nous chasser bientôt de ce palais, eh bien, la mort saura unir ceux que la vie sépare.

CAVALCANTI

Plutôt que me quitter, tu préfères mourir.

TONIO

Je n'ai aucun mérite. Tu emplissais mon cœur pendant l'attente. Tu es venu, la vie te paraît inviable, nous la quittons, nous irons au delà. Adieu soleil qui nous désunirait ! Salut ! grande ombre du trépas qui va nous recevoir ensemble.

CAVALCANTI

Être impuissant à sauver ce ciel immédiat que tu m'ouvres, céleste cœur ! Ai-je donc mérité un tel amour ?

TONIO

C'est ton œuvre : tu l'as créée en moi, tu es le Prométhée qui m'apporta la divine étincelle.

CAVALCANTI

Est-ce un enfant? Est-ce une femme? Un ange?

TONIO

Je te dirai tout à l'heure un secret qui te rendra heureux à défaillir ; l'air lui-même ne doit pas l'entendre...

(Bruit d'armes).

Je connais tes pensées; ma gloire est de les vaincre. Approche donc ta chère tête : n'est-ce pas que je parais avoir tout le ciel dans les yeux, car je l'ai dans le cœur...

SCÈNE VII

LES PRÉCÉDENTS, GIACOMO, LE PROVÉDITEUR, LA MARQUISE LANSQUENETS

GIACOMO *(entrant par la fenêtre).*

Alerte, Monseigneur ! *(ils n'entendent pas)* le palais est cerné. Ce balcon, seule issue vous met aux mains de votre compagnie fidèle.

(Les portes s'ouvrent : la Marquise et le Provéditeur entrent : les deux amants semblent ne pas comprendre).

LA MARQUISE

Vous voyez qu'on n'avait pas menti...

LE PROVÉDITEUR

Qu'on les saisisse !

CAVALCANTI

Mon épée *(Giacomo la lui tend)*.

TONIO *(à la marquise)*.

Femme maudite !

GIACOMO

Au balcon, Monseigneur.

CAVALCANTI *(faisant reculer les gardes)*.

Tarente et Saint-Georges ! Qui veut mourir ici ?
(Il couvre la retraite du Prince).

TONIO *(s'élance et prend le drapeau)*.

J'emporte le linceul qui convient à un Prince, le drapeau de sa race !

LA MARQUISE

A demain, au combat, te talonner vaincu, aventurier félon, avec ton Prince de Byzance !

TONIO *(au balcon)*.

A demain, au combat te tuer, femme impure !

CAVALCANTI

Demain, comme aujourd'hui, toujours, face à l'histoire!

QUATRIÈME ACTE

Une clairière.
Au troisième plan, rocher praticable.
Au deuxième, faisceau de lances, campement.
Au premier, sous une tente, un lit de camp.
Vesprée d'un beau soir d'été. Au lever du rideau Tonio dort et Cavalcanti le regarde.

SCÈNE I

CAVALCANTI et TONIO (endormi).

CAVALCANTI (*même jeu qu'au 2 du II*).

Comme il dort, confiant et beau ! Voilà bien la plus brève fortune de l'histoire ! Ce beau bâtard, ce fils de l'amour, comme moi aura régné trois jours : cela seul a coulé dans le sablier du temps, depuis l'aube où je le contemplais ainsi, avant de l'éveiller à son royal destin : c'est la seconde fois que je l'emporte en croupe. Oh ! cette chevauchée, m'a paru un calvaire... Mon rêve s'évapore, ma vie n'a qu'un seul but et qu'un mot et ce mot « c'est la mort ».

O le peu, le très peu, le presque rien, le rien que nos âmes, à la vôtre semblable pourtant, Seigneur Dieu ! La beauté vierge, par le plus noble amour servie, est vaincue sous le jeu régulier de la machine sublunaire...

Je jouerais mon éternité pour une chance de salut !

Providence, regarde : l'innocence qui dort par l'intelligence veillée. Les flots incohérents soulevés sur ces bords se heurtent, moins tumultueux que les éléments de mon âme qui luttent à se dévorer.

Vivre et mourir également m'effrayent. Vivre ! le cœur incendié d'amour horrible ! Mourir ! quand le bonheur me provoque et m'affronte !

Oh ! si je l'écoutais cette secrète voix « tu es aimé, tu aimes, emporte ton trésor et déserte la scène ; le bonheur c'est le droit ». Jésus qui m'avez fait le cœur, voyez ce qu'il contient de pervers et de juste?

Criminel innocent, victime volontaire, j'attends l'épée libératrice qui forcera cette prison du corps à laisser l'âme s'évader. En s'arrachant les yeux, Œdipe sauve Thèbes. Je m'arrache le cœur pour une idée de morale et de foi !

Suis-je un héros? Suis-je une dupe? Ah ! vienne l'action ! Ma pensée, épave, flotte sans gagner ni le large ni le bord escarpé du devoir.

SCÈNE II

GIACOMO *(au second plan appelle)*.

Monseigneur !

CAVALCANTI *(sort de la tente)*.

Eh bien ! les forces.

GIACOMO

Six cents lances au moins.

CAVALCANTI

Qui commande?

GIACOMO

Frédéric en personne, on dit que la marquise travestie suit l'armée...

CAVALCANTI

Plutôt, elle la guide *(à part)*. Deux amours de ma vie décidèrent, l'un donnait le bonheur et l'autre l'a brisé *(haut)*. Crois-tu que Frédéric veuille lutter ce soir?

GIACOMO

Il a pris le soleil à témoin de vous clore les yeux, avant que luise l'astre d'argent.

CAVALCANTI

L'ennemi est-il proche?

GIACÒMO

Le temps de réciter cinq chapelets.

CAVALCANTI

Aux armes ! Qu'on soit prêt !

(Mouvement parmi la figuration). Cavalcanti revient sous la tente.

SCÈNE III

TOÑIO et CAVALCANTI.

TONIO *(rêvant)*.

Femme méchante, je vous tuerai avec le coup de Cavalcanti.

CAVALCANTI

Votre sommeil se hante de fantômes, fils du Réel.

TONIO

Impardonnable, j'ai dormi ; c'est le milieu du jour.

CAVALCANTI

Le soleil, comme une hostie de sang décline vers la mer.

TONIO

Je pourrai, cette nuit, poser ma tête sur votre épaule !

CAVALCANTI

Triste oreiller, l'épaule d'un vaincu !

OTNIO

Ou d'un vainqueur et lors, adorable coussin !

CAVALCANTI

La lune éclairera ce soir le dénouement de votre courte aventure, dernier Tarras ! Frédéric marche sur nous, la Giovanna l'accompagne.

TONIO

O l'exécrable, j'irai percer son lâche cœur au milieu des cuirasses !

CAVALCANTI

Vous êtes le drapeau et le drapeau ne se bat pas ; vous prierez les anges vos frères : leur aide seule vous sauverait.

TONIO

Si vous étiez blessé, si vous étiez.......

CAVALCANTI

Blessé, mourant même, je rapporterai le drapeau.

TONIO

Oh ! pour être guerrier, il ne faut pas d'amour au cœur. Dieu me punit d'avoir aimé, sans les connaître, l'aventure et la lutte. Je rêvais un saint George, invulnérable et invincible ! Cavalcanti, seriez-vous aussi prudent qu'Ulysse aussi brave qu'Hector, Agamemnon, Achille, et Judas Macchabée ! ma couronne est perdue. Obtenez la merci pour votre bande qui fut fidèle ; et disparaissent le prince poursuivi et le connétable vaincu, pour faire place à Tonio heureux avec son frère George.

CAVALCANTI

Le devoir de son droit, oblige un prince à ne jeter son épée que brisée ; la bataille prochaine c'est un péage à la postérité.

TONIO

L'histoire ! l'écrire, c'est la faire; vous l'écrirez..... J'ai rêvé....

CAVALCANTI

Parfois le rêve est songe, alors il prophétise !

TONI

Nous mourrions tous les deux : je tuais la marquise ; vous m'êtes apparu sanglant et je me suis senti frappé ! Le prieur étendit les mains pour nous bénir et du ciel entr'ouvert une musique d'anges nous invitait à l'éternel bonheur, quand l'infâme marquise a barré le chemin ; de fureur, je me suis réveillée.

CAVALCANTI

Miroir incohérent de nos pensées du jour, le sommeil les reflète (*sonnerie de clairon, mouvement, de Cavalcanti pour sortir*).

TONIO (*l'enlaçant*).

Tu ne partiras pas !

CAVALCANTI (*fiévreux*).

Dis à la flèche déjà couchée sur la corde tendue, dis à la

mine dont la mèche est à bout, au tigre replié et l'échine bandée pour l'élan, à l'oiseau des Romains : dis-leur « tu ne partiras pas ».

TONIO

Tu partiras, oui... lorsque je t'aurai dit mon secret.

CAVALCANTI

Enfantillage et digne d'une femme !

TONIO

D'une femme : oui, et cependant il n'est rien d'aussi intéressant pour un homme.

CAVALCANTI

Dérisoire côté des plus belles natures : proposer des énigmes au moment du danger.

TONIO

Ta calomnie repousse mon aveu, viens près de moi, tout près *(il entraîne Cavalcanti à lui).*

CAVALCANTI

Suis-je une dupe ou un héros : ici l'extase et, là-bas la tuerie ; ici le souriant amour, là-bas la rugissante haine ; ici la volupté ! et là-bas la douleur ; ici un moment de la vie éternelle, là-bas la mort banale du soldat ! Et cependant je vais là-bas ! Héros ou dupe !

TONIO

Tu ne me comprends plus, tu me rudoyes. Ai-je démérité en t'aimant chaque jour davantage ? Emporte mon secret il sera pour ton âme un cordial puissant *(tonnerre).*

CAVALCANTI

Parle vite, car au troisième appel du cuivre batailleur...

TONIO

Viens : je ne peux te dire que dans une caresse que par une caresse : je ne veux pas même te le dire, il faut que tu le sentes !

GIACOMO (*au dehors*).

Monseigneur ! il est temps.

CAVALCANTI (*s'élançant*).

Je reviendrai blessé, mourant même. rapporter ce drapeau (*il s'élance hors de la tente et aux hommes rassemblés*) : en avant tous, au cri de « Tarente et saint George. »

(*Exit et exeant*).

SCÈNE IV

TONIO (*hébété, sort de la tente*).

Parti il est parti. Misère ! me voilà seul au monde, plus que seul, la moitié de moi-même va souffrir et se battre, tandis que j'agoniserai inutile et pleurant ! De ce rocher, je puis l'apercevoir (*il monte sur le rocher praticable*).

O le fier chevalier, si la victoire est femme : elle se donnera. Comme il flotte en sa main, gaiement, le vieux drapeau de pourpre d'Apulie....

Pourquoi me suis-je tu? Etait-ce à lui de deviner en ce moment tragique?

Quoi! j'aime : la mort est là qui guette et je m'entête à je ne sais quelle pudeur?

Ah! je suis plus coupable que la Marquise et tout aussi funeste. Il aurait accepté de fuir, avec Antonia, sa princesse. Clarté terrible! Il est allé mourir pour se défendre d'un amour que mon silence rendait horrible... je suis maudite!

SCÈNE V

TONIO, GIACOMO, puis LE MOINE

GIACOMO

Un capucin est là, votre Altesse!

TONIO (*allant au devant*).

Apportez-vous des nouvelles de paix!

LE MOINE

Il faut d'abord pacifier le ciel grandement, offensé.

TONIO

Vous connaissez l'offense qui me vaut tant de peine? J'ai toujours obéi à Cavalcanti, cet esprit de lumière, cet être généreux.

LE MOINE

Ecoutant ce pécheur, vous avez attiré, et sur vous et sur lui, la colère céleste.

TONIO

Vaincu, le cœur saignant de crainte, je défaille ; et vous venez prêtre de Jésus-Christ m'accuser, ce qui importe peu ; l'accuser, lui, qui meurt pour moi, à cette heure peut-être.

LE MOINE

A quel point vous êtes aveuglé ? Ignorez-vous le péché exécrable !

TONIO

Eh ! J'ignore tous les péchés, les exécrables et ceux qui ne le seraient pas !

LE MOINE

Ignorez-vous ?....

TONIO

Je suis beaucoup trop pur pour vous entendre. Allez ! (*se ravisant*). Un mot : affirmez-moi que je suis un pécheur ?

LE MOINE

La grâce aurait-elle touché votre altesse ?

TONIO

George, pardonne-moi ; tu as souffert, je le sens au discours de ce moine !

LE MOINE

Confessez-vous...

TONIO

Si je me confessais, vous ne comprendriez pas !

SCÈNE VI

TONIO seul, puis GIACOMO

Ce zèle obtus déclare monstrueux mon amour... Cavalcanti se dérobait à mon baiser... Tarento m'insultait par des chansons... C'est donc un crime affreux que d'être un androgyne, presque un ange et de ne pas savoir ce que le premier homme apprit, en désobéissant, à connaître le bien du mal...

Il y a deux jours, j'ignorais être femme et puis j'ai reculé à cet aveu, ne sachant accommoder ensemble ma nouvelle pudeur, avec ma tendresse infinie.

Ah! ma raison faiblit à tous ces heurts.

GIACOMO

Votre Altesse, un parlementaire! Que Votre Altesse se méfie.

TONIO

Je ne sais pas me méfier, je suis l'oiseau qui chante au ciel et que Dieu garde.

SCÈNE VII

TONIO — LA MARQUISE, en costume militaire les yeux bandés, amenée par GIACOMO qui lui ôte le bandeau

TONIO

J'ai vu peu de visage et je reconnais celui-là.

LA MARQUISE

Salut à Votre Altesse ! Le roi Frédéric tient pour seul coupable le condottiere et demande que Cavalcanti désavoué par vous...

TONIO

On ne déjuge pas ceux qui vous ont servi.

LA MARQUISE

J'accomplis un message, offrant à Votre Altesse de sauver sa couronne.

TONIO

Tombée d'un front digne, la couronne ne se ramasse pas dans la boue des traîtrises.

LA MARQUISE

Votre Altesse entend mal ; ni le supplice, ni la géole pour Cavalcanti, mais son bannissement ; et vous rentrez dans votre bonne ville.

TONIO

Tarente ne reverra pas l'Angelino sans Cavalcanti. Je ne suis prince que par lui *(à part)* et pour lui.

LA MARQUISE

Cette reconnaissance exagérée vous conseille au rebours des plus chers intérêts : abandonnez le condottiere.

TONIO

C'est le vœu d'une femme jalouse, non le dessein d'un roi ambitieux : Seriez-vous mandataire de cette marquise damnée..... *(grand bruit coupant la phrase).*

SCÈNE VIII

UN REITRE *(haletant au Prince).*

Malgré son grand courage, le Connétable plie, le nombre nous écrase. Cavalcanti bat en retraite vers vous *(à Giacomo et à ceux restés)*. A la rescousse, car l'heure est décisive !

TONIO *(glacé d'abord, puis surexcité).*

O Madame Marie, secourez-nous ! Eh ! j'y songe un parlementaire pendant que se précipite l'action *(allant à la marquise et la reconnaissant)* Giovanna, vous osez me braver ici même. Ah ! puisque toutes deux en hommes déguisés, nous avons une épée au flanc...

LA MARQUISE

Ah! je n'espérais pas te décider si vite. Les piques, les épées qui lui hachent la chair ne me vengeraient pas, si son dernier regard ne voyait ton cadavre!

TONIO

L'enfer est dans ton cœur et hurle par ta bouche.

LA MARQUISE

Ce lion de courage, même en morceaux coupé, même la veine ouverte, viendra pour expirer vers toi, mais vers toi expirante.

TONIO

Mon péché, mon cher péché *(elles se battent, la nuit vient)*. Saint George, bénis la vierge épée d'une vierge!

LA MARQUISE

J'invoque seulement les démons de la haine!

TONIO

Au nom du saint amour, tu vas mourir du coup que lui-même inventa, sans confession, haïe de celui que tu aimes, frappée par ta rivale heureuse *(l'épée de la marquise l'effleure)*.

LA MARQUISE

Blessée déjà, ton saint George t'oublie!

TONIO

Égratignée à peine; j'attends, car je veux te porter sa

botte. Non ce n'est pas cela... Voici... Voici... Voici... Saint George, venge moi *(il la perce)*.

LA MARQUISE *(tombe à gauche)*.

Ah !...

TONIO *(se penchant)*.

J'ai frappé au milieu du col, c'est bien la botte de Cavalcanti *(levant son épée)* gloire à saint George !...

SCÈNE IX

TONIO

Cris lointains : Tarente et saint George.
(Tonio court et monte sur le rocher.)

TONIO

Grand Dieu ! là-bas j'aperçois un lion... il traîne à ses flancs suspendue une grappe de hyènes ; à chaque vol de son épée, s'effondre l'ennemi, comme les blés d'automne au balancer des faulx.

Qu'il est beau, mon saint George, si beau... qu'oubliant de trembler je l'admire.... Vierge sainte il a chancelé... un fourré maintenant le cache... O minute mortelle... Dans la Bible, j'ai lu que Moïse obtint la victoire en étendant les bras *(il les étend)*. Dieu des combats, Seigneur de toute force sois avec lui ; ta droite dresse-la ; ta droite montre-la ; ta droite... *(cris rapprochés)* « Tarente et saint George ».

O lâche que je suis ! La vie du bien aimé se joue et mon âme ne force pas mes bras à demeurer tendus.

O ridicule enfant qui te disais un ange, vierge banale, qui plies à la vulgaire fatigue, et voudrais commander à la mort !

(Cris rapprochés). « Tarente et saint George ».

Cette attente impuissante, entendre l'être aimé qui se bat et qu'on tue et rester là ! Non ! mourir plutôt que ce supplice *(elle descend du tertre)*. Mon épée !

(Elle va pour gagner le combat quand des fuyards passent devant elle, traversant la scène en jetant leurs armes. Cris très proches, mais épuisés) :

« Tarente et saint George ».

SCÈNE X

TONIO. — CAVALCANTI. — GIACOMO. — FUYARDS

CAVALCANTI *(blessé, un tronçon d'épée à la dextre, le drapeau à la sénestre, d'un bond désespéré vient tomber aux pieds du prince qui le reçoit dans ses bras).*

Pardonnez-moi, j'ai fait ce que j'ai pu !

TONIO

Mon héros ! mon héros blessé ! Bien aimé, ton sang coule, ton sang, mon Graal, à moi !

CAVALCANTI *(s'est assis sur un tambour).*

Je ne suis qu'harrassé ; je vais m'étendre... la nuit me gardera. Toi, par cette route, le couvent de San Giorgio est à moins de deux lieues, Giacomo?

TONIO

T'abandonner sanglant et seul, tu m'outrages !

GIACOMO

J'ai dépêché au moustier un varlet, avant l'action.

CAVALCANTI

Merci ! *(à Tonio)* Obéis !

GIACOMO

Votre fortune replie son aile pour jamais.... Je servirai des rois, après avoir servi saint George. — Donnez-moi ce tronçon d'épée.

CAVALCANTI

Qui désire, mérite : prends et si je défaille... *(faiblesse)*.

UN FUYARD

Le roi et le provéditeur sont là : ils veulent l'un le drapeau et l'autre.... *(Il aperçoit le cadavre de la Marquise, Giacomo le porte hors du théâtre à gauche)*.

CAVALCANTI

Va, fuis mon Tonio.

TONIO

Tu oublies que je suis un Tarras.

CAVALCANTI

Trop tard ! votre épée, Tonio *(il se redresse)* « Tarente et saint George. »

SCÈNE XI

LES PRÉCÉDENTS, FRÉDÉRIC, LE PROVÉDITEUR,
soldats portant des torches.

CAVALCANTI

Roi, es-tu chevalier? je te provoque!

LE ROI

Es-tu condottiere? regarde ton épée de page, image de ton dessein d'Orlando Furioso. L'Arioste jamais n'eut rêvé ce modèle.

(Cavalcanti fait de vains efforts pour se tenir debout, le provéditeur le frappe par côté).

CAVALCANTI *(reculant).*

Lâche!...

LE ROI

Dernière scène d'une excellente tragédie.

TONIO *(qui a reçu Cavalcanti expirant).*

Je ne suis qu'un enfant, j'ignore tout des choses de la guerre, mais ta mère a péché, Frédéric, ton âme est d'un valet.

LE ROI

Emparez-vous, sans la blesser, de cette couleuvre qui s'essaye à siffler en vipère.

TONIO

A bas manants! ma cuirasse défie votre brutalité, sujets rebelles *(il enroule le drapeau autour de sa poitrine)*. Histoire, ô voix au sûr écho, proclame un jour que le dernier Tarras, à quinze ans, sut mourir, toujours, hautaine Altesse.

LE ROI

Hola! des Siciliens; ceux de Tarente sont médusés par ce lyrique éphèbe! Sus! *(au Provéditeur)* ce cadavre là-bas nous l'offriront à la Marquise, Hérodiade de ce Jean d'aventure.

(Pendant ces mots, Tonio entouré tourne autour de la tente qui se renverse sur lui).

TONIO *(disparaissant)*

Je le rejoins dans la mort bienheureuse.

LE ROI

De cette rebellion tout est blessé ou disparu : en retraite ; allons vider les coupes, après ces coups.

LE PROVÉDITEUR

La marquise? j'en suis inquiet?

LE ROI

A Tarente, je gage, elle nous prépare un festin. Vous avez l'épée spirituelle, vengeant du même coup, le double et différent honneur et du mari et de la femme.

SCÈNE XII

Silence bientôt absolu, après une sonnerie de trompettes. La nuit se lève, la lune éclaire le champ de bataille ; à gauche le cadavre de Cavalcanti, à droite Tonio presque englouti sous la tente ; cadavres et armes épars.

TONIO *(râlant)*

A moi,.. George ! à moi... Cavalcanti... Mort? non car je vis... j'étouffe... Oh !... si d'un effort je rejettais ce qui m'opresse *(elle parvient à s'accouder)*. Mon paradis pour le revoir, mort ou vivant, je le donne... Vivant, il chercherait, il trouverait son petit prince... George... ma voix est comme un instrument brisé... Ah ! ce cor qui pendait à ma ceinture... mon dernier souffle suffira, Dieu m'aidant, à le sonner *(elle sonne par trois lents appels, chaque fois le corps de Cavalcanti tressaille ; après le troisième appel elle retombe évanouie.)*

CAVALCANTI

Le cor a vibré... mon oreille a reconnu le son. Evacuée par les idées, ma tête s'engourdit et mon corps immobile n'obéit plus à ma vacillante pensée.

Je suis seul... et la brise du soir passe... Je n'ose un mouvement... semblable à ces statues aux membres rapportés, si j'allais me disjoindre en remuant... La fade odeur du sang obsède ma narine... Blessé? oui, mais de quelle blessure... La lune poudroie... depuis quand, fait-il nuit? Pourquoi cette torpeur, qui malgré mon effort, éteint la conscience... chasse le souvenir...

Un désir de sommeil me presse, impérieux irrésistible ! Je souhaite un repos sans réveil... Tandis qu'une voix lointaine, sourde, monotone, répète : « lève-toi, dresse-toi : jamais il ne fut plus urgent de penser et d'agir... » Épouvante ! le voile se déchire que la mort étendait ; je me souviens... de tout, je suis blessé à mort... C'est le champ de bataille... Tonio !... Tonio, c'est toi qui m'appelais... et si impérieux que je suis revenu vers la vie... où es-tu ? où est-il ! *(Il se soulève)* à chaque effort, je me sens expirer.

Injuste ciel ! destin aveugle ! Antonio mon ange, on me l'aura tué... et plus assez de sang pour la vengeance... ni de souffle pour l'appeler *(Il se traîne)*. Qu'importe ma douleur à cette nature sereine ?

La nuit bleue, indifférente, de toutes ses étoiles aux regards curieux, contemple mon désespoir... mon impuissance... .

Mourir ! dans ses bras, c'eût été une extase.

O la bénie, voluptueuse mort, mais non ! non !... M'entends-tu, Providence, œil de Dieu et son bras, éternelle invoquée, vois ton œuvre, et rie et raille, brocarde et ironise le mortel idiot, qui meurt désespéré pour avoir cru en toi.

J'ai tout sacrifié pour un scrupule, selon la loi chrétienne et ce moment d'enfer, voilà ma récompense ! O Justice d'en haut, quel homme t'a jamais vu présente en sa vie ; les anciens ont raison, l'ananké implacable ! Saint George que je souffre !... Mes mains s'épeurent à tâter ces cadavres... Si je touchais le sien ! Horreur !

(Il arrive se traînant où gît Tonio, la tunique déchirée).

Un sein... un sein de femme... Ici... Serais-je halluciné... La fièvre fausse mes sens... Attendons un rayon de lune... *(Le rayon bientôt tombe sur Tonio).*

C'est lui... et lui c'est elle !... Dieu juste ! et c'est ici que cela se révèle sur ce champ de carnage, de l'enfant adorable jaillit la femme bien aimée !

O mon Antonia ! ma princesse es-tu vive? Elle respire encore : d'affreux rubis perlent son jeune sein. O sanglante rosée, sur cette fleur pas éclose. Un ruisseau ici près *(effort)* O rage ! Mes yeux devraient donner leur eau. Ah...

TONIO

Oh !... George... qui me caresse?... Qui me baise?... C'est toi, mon aimé... Oh ! vite, écoute ce secret... Je suis femme et tienne toute entière.

J'aurai vécu sans revêtir la robe de la vierge ; notre premier baiser aura le goût de mort et pour lit, le champ de bataille.

N'importe... je me donne toute, blessée, mourante, mais vierge et princesse. Que l'air indifférent ne se mêle pas à nos souffles, maintenant comptés et précieux...

Tes lèvres pour mourir, tes lèvres pour guérir, tes lèvres et qu'un baiser commence notre éternité...

(Long baiser, étreinte que disjoint Tonio).

CAVALCANTI

Pourquoi as-tu cessé l'extase ?

TONIO

Pour la seule parole qui vaille le baiser : j'ai péché, j'ai tué la marquise je t'accompagne en purgatoire.

CAVALCANTI

Délire!... Voici la mort... Qu'Antonia se confonde avec George ; qu'au delà, de ce double trépas un seul être jaillisse.

(*Etreinte et immobilité*).

SCÈNE XIII

LES PRÉCÉDENTS, LE PRIEUR, MOINES (*portant une civière et des torches*).

LE PRIEUR

Le vais-je retrouver mon pauvre moinillon? Que sera devenu le noble condottière?

UN MOINE

Les voici !

LE PRIEUR

Dieu les unisse dans la vie éternelle !

AUTRE MOINE

Ils ne sont pas froids ; encore ils vivent !

LE PRIEUR

Au couvent ! Hâtez-vous ! Purifier leurs âmes, unir leurs mains et puis les rendre à l'ange de la mort et époux et absous : Dieu le voudra.

UN MOINE

Le trajet les tuera ; ou il faut un miracle !

LE PRIEUR

Eh bien ! en route : le miracle, c'est le geste de Dieu ; ce geste permanent exauce qui supplie ; nous supplierons.

CINQUIÈME ACTE

Décor du premier Acte.
Le rideau se lève sur la scène vide.

SCÈNE I

LE PRIEUR. — LE CHOEUR.

CHOEUR *(dans la coulisse, avec orgue).*

Dies iræ, dies illa
Solvet sæclum in favilla
Teste David, cum Sybilla.

LE PRIEUR *(paraît seul sur le seuil; jeu de scène du 1er acte, assombri).*

CHOEUR

Quantus tremor est futurus
Quando judex est venturus
Cuncta stricte discussurus.

LE PRIEUR

Elle a l'aspect d'une martyre aux Catacombes! Mais sa joie de femme aimée apparaît sous sa pâleur ; un sourire de paix dénature les signes précurseurs de la mort, devenue un départ pour l'amour.

CHŒUR *(dans la coulisse)*.

Tuba mirum spargens sonum,
Per sepulchra regionum
Coget omnes, ante Thronum.

LE PRIEUR

Je comprends que nos pères, navrés, accusent en secret la Providence ; ils chantent mais leur pleur coule à chaque verset. C'en est fait de leur adoration : le Frate, le Fratelletino va mourir ; ils implorent, ils attendent un miracle.

CHŒUR

Mors stupebit et natura
Cum resurget creatura,
Judicanti responsura.

LE PRIEUR

Sur ce sol d'Italie, les idées fatalistes sont vivaces encore. Contre l'arrêt d'en-haut, moi-même je murmure.

CHŒUR

Liber scriptus proferetur
In quo totum continetur,
Unde mundus judicetur *(La porte du fond se ferme et assourdit le chant)*.

LE PRIEUR

Pénitences, prières, nuit et jour n'ont pas sauvé la vierge et pure héroïne.

Pas même une semaine, elle partit si gaie !... Le havre

si tôt quitté, sa frêle nef s'engloutit !.... Elle les a revus ces murs du palais de Tarente... il est venu, triste et fort, charmant et redoutable le George bien aimé;... et la mort l'oppresse maintenant, non plus l'ennui !

De quel air, elle disait : « mon moustier, c'est le monde vaste et vivant, je suis prieur du nuage et du vent..... » Elle voulait mille aventures ; une seule a suffi, ce beau lis est brisé. Je les ai confessés tous deux : ô noble couple ! Elle a souhaité mourir sous le froc monastique, elle est vierge, elle est ange. Je l'ai permis !

SCÈNE II

LE PRIEUR. — LE P. AMBROGIO

LE PRIEUR *(remontant).*

Eh bien !

P. AMBROGIO

Tonio demeure en léthargie.

LE PRIEUR

Et Cavalcanti ?

P. AMBROGIO

Le Condottiere, appuyé aux marches de l'autel, la contemple en une extase calme : de moment en moment il boit de l'élixir d'Arnaud de Villeneuve.... et cet alcool puissant lui permettra d'attendre sa princesse, pour partir avec elle.

LE PRIEUR

Je serais à prier avec vous si je pouvais assister aux larmes passionnelles que verse mon couvent, auprès d'une princesse en froc dominicain et que son fiancé adore, au pied même du saint autel.

P. AMBROGIO

Ils vont mourir : faisant fléchir la règle, vous êtes grand et bon.

LE PRIEUR

Et coupable, peut-être.

P. AMBROGIO

Oh ! de ce péché-là, auguste abbé, nous acceptons le dam, tous !

(Exit).

SCÈNE III

LE PRIEUR, — LE TOURIER

LE TOURIER

Révérend Père Abbé, des paysans apportent un blessé.

LE PRIEUR

Pourquoi ici ? si loin, du lieu où il tomba ?

LE TOURIER

Ce mourant a demandé en grâce qu'on le reçut au moustier.

LE PRIEUR

Eh bien ! dans cette salle *(Exit le Tourier).*

Elle diffère de tous nos meilleurs sentiments, cette divine charité, que Dieu commande, que Jésus apporta.

Hier, seul objet de ma crainte, le moinillon absorbait tout mon cœur : et quand je l'aperçus uni au condottiere, non je n'écoutai pas si un râle à côté implorait l'absolution suprême, j'emportai la vierge et le héros.

Pardonnez-moi, grand Dieu, d'être si mauvais moine et de garder, en mon saint ministère, une prédilection coupable pour la beauté et la valeur.

SCÈNE IV

LE PRIEUR. Le Tourier précède deux paysans portant sur un brancard grossier. LA MARQUISE expirante en costume du IV acte.

(Puis exeunt).

LA MARQUISE

Cavalcanti ?

LE PRIEUR

Giovanna Buodelmonte ?

LA MARQUISE

Tu ne dois pas te souvenir des confessions !

LE PRIEUR

Antonio ; pauvre ange que de péchés j'aurai commis pour toi ?

(Haut) Le Père Ambrogio, médecin du moustier va venir. Après un pansement, j'écouterai l'aveu.

LA MARQUISE

Non, pour le médecin ; non, pour le confesseur!

LE PRIEUR

Hors de ces deux secours que je vous dois...

LA MARQUISE

J'ai voulu expirer dans l'air que sa chère poitrine respire.

LE PRIEUR

Eh! savez-vous s'il vit.

LA MARQUISE

Il vit puisque je vis : ma volonté d'enfer le suivra dans la mort.

LE PRIEUR

Blessée, des soins ; mourante, le sacrement...

LA MARQUISE

Je me confesserai après l'avoir revu.

LE PRIEUR

Meurs donc, impénitente!

SCÈNE V

CAVALCANTI paraît au fond, soutenu par deux moines, LE PRIEUR vivement rabat le manteau qui couvre la marquise.

LE PRIEUR

Dieu vous garde de démence mon fils !

CAVALCANTI

Dieu, mon père, ne me garde pas *(il s'assied dans la cathèdre les moines sortent. Le Prieur masque la civière où gît la marquise).*

Les chauves-souris du trépas vainement touchent mes sens, du velours mouillé de leurs ailes : l'élixir exacerbe mes nerfs infiniment sensibles. Et j'ai quitté la vue de ma chère princesse : afin de durer, lampe vacillante jusqu'à ce dernier souffle de la bien-aimée qui, s'exhalant, m'éteindra.

Le corps regrette, comme une âme, les joies non éprouvées et entrevues. Ce râle de l'instinct un moment m'a troublé. Voici le calme, précurseur des béatitudes sereines ! Je me sens déjà,étranger aux choses de la terre ; surgissant, la Buodelmonte ne me troublerait pas de colère.

LA MARQUISE *(se soulevant).*

Vraiment · Je veux t'entendre me maudire !

CAVALCANTI

Vous vous flattez. J'ai vécu pleinement, j'attends que ma chère moitié soit prête au radieux départ.

Tordez vos mains, car vous n'aviez rien pu !

Lorsque sanglant, je cherchais mon idole parmi les morts, j'ai blasphémé de Dieu l'ineffable miséricorde. Maintenant elle apparaît, et mon esprit survivant à ma chair vous dit merci à vous, hasard, qui m'avez exaucé.

LA MARQUISE

Pitié !

CAVALCANTI

Oui · Par quel autre sentiment, vous parlerai-je?

J'étais bien malheureux hier, je me croyais un monstre et voici que de Tonio blessé surgit Antonia et vous, instigatrice de ma perte, fûtes de la fée de l'exquise métamorphose. Par vous nos lèvres ont connu le baiser, nos bras se sont étreints, et sur ce lit funèbre devenu nuptial, la mort, la douce et la bénigne, a su mêler nos sangs, mieux que l'amour.

S'être senti mourir, dans les bras de l'aimée, elle-même mourante : rien n'est à vivre, après cela !

LA MARQUISE

Féroce et sans pitié, dis seulement que tu me plains !

CAVALCANTI

Non, en mon cœur rempli d'amour, aucun sentiment ne pénètre. *(au Prieur)* Saint Prieur, dès que mon adorée princesse ouvrira ses beaux yeux, je serai délivré de cette moribonde.

LA MARQUISE

L'amour est tout puissant, quand on en meurt. Ma jalousie se dressera, au delà du tombeau, toujours sifflante je serai la harpie inévitable, l'Euménide obstinée : le cri de mon enfer, discordant et sauvage, tu l'entendras, du ciel ! Ma haine, je la sens éternelle, comme mon âme qu'elle emplit.

CAVALCANTI

Ton âme va mourir !

LA MARQUISE

Tu blasphèmes ta foi, pour me désespérer !

CAVALCANTI

Non ! Si le battant discordement la frappe, on voit la cloche se briser : ainsi l'âme se fêle aux frappements de la discordante haine.

LA MARQUISE

Le damné blasphémera toujours, et Giovanna toujours te maudira.

CAVALCANTI

Non, au delà de la vie, que tu quittes en criant, ne pouvant pas monter, il te faudra descendre les degrés de l'instinct. Ton âme, étincelle indignée, remontera vers Dieu, dépersonnalisée. Alors larve de vie, tombée au végétal peut-être !.. Entends-tu ce caillou, qu'un pied indifférent a poussé dans le gouffre, cette pierre quelconque parmi la poussière, c'est toi et ce gouffre se nomme le néant !

SCÈNE VI

LES PRÉCÉDENTS ; des moines apportent TONIO sur une civière P. AMBROGIO.

LA MARQUISE

Oh !

TONIO *(comme endormi et délirant).*

Beau chevalier, qui avez pris mon âme, quand viendrez-vous? O mon frère céleste qui devez m'emporter parmi mille aventures, vous tardez bien!

P. AMBROGIO

Elle a dit : « menez-moi près de George » et puis, a déliré !

TONIO

Dieu m'a fait joli et joyeux et vous m'avez fait triste.

LA MARQUISE

Je meurs de les voir réunis : je vais aller dans la mort les attendre !

LE PRIEUR

Vos victimes ont pardonné et Dieu dépasse en miséricordesa créature ; je suspends sur vous l'absolution ?

LA MARQUISE

Non !

LE PRIEUR

Cet instant décide de l'éternité : vous ne pouvez parler, faites un signe de repentir, tournez vers moi la tête...

LA MARQUISE *(fascinée par le groupe des amants se dresse et retombe morte).*

Oh !

TONIO

Je l'ai tuée et cependant j'entends sa voix. A toi Giovanna... à toi ce coup... Je suis femme, entends-tu, et plus femme que toi, vierge !

CAVALCANTI

Délivrez, Bon Prieur, notre agonie, de ce cadavre.

LE PRIEUR *(fait signe aux moines)*

Frères !

UN MOINE

A la chapelle ?

LE PRIEUR

Y pensez-vous, une damnée !

Exeunt.

TONIO

O mon frère céleste, tandis que mon cœur vous appelle. Que faites-vous ?

CAVALCANTI

Je te contemple, je t'adore et je baise ta main.

TONIO

O vie sois-moi propice, je ne fais que passer... Prince le jour, pour tous; la nuit, princesse et pour lui seul. Androgyne... Je suis femme aussi vrai que tu es un héros... un baiser... oui c'est tout quand on aime... Je suis de la patrie le vivant ostensoir, je suis, ô peuple, ton hostie... La vie te paraît inviable nous irons au delà.

CAVALCANTI

Ma vue se trouble : je défaille, donnez-moi ce cordial...

LE PRIEUR

Elle semble revenir au réel ; en hâte, mes enfants, la mort nous presse.

TONIO

Où suis-je? Mon George pardonne à ma faiblesse, je dormais quand tu m'éveillas prince, je me réveille épouse et tienne maintenant... Que tu es pâle, cher amour, tu souffres... moi aussi, un peu. Prieur, nous parlerons de vous à Dieu : vous êtes un grand saint.

LE PRIEUR

Enfants, recueillez-vous ; vous allez échanger votre foi.

Au nom du Dieu vivant dedans l'Eucharistie qui mourut sur la croix, nobles âmes, pleines d'un pur amour, et dignes de prendre essor ensemble,

Répondez :

Antonia Tarras-Amalfi, acceptez-vous le Seigneur Cavalcanti pour maître.

TONIO

Oh ! pour l'éternité, je suis sienne.

LE PRIEUR

Georgio Cavalcanti, donnez-vous votre nom, votre vie à la princesse Antonia.

CAVALCANTI

Et ma vie et ma mort et mon salut, je les lui donne.

LE PRIEUR

Au nom du Dieu vivant, soyez époux indissolublement.

CAVALCANTI

Je suis donc exaucé, Dieu juste, cette mort devient digne de moi.

TONIO

O toi, mon compagnon du Ciel, dans la suprême aventure, ô saint George, merci !

Exit le Prieur.

SCÈNE VII

TONIO (sur la civière), — CAVALCANTI (auprès).

TONIO

Nous voici seuls : me voilà toute à toi !

CAVALCANTI

Nous sommes trois : la mort, tu l'oublies, la grande paranymphe.

TONIO

La mort, je la salue de mon sourire! Qui donc la disait laide?

CAVALCANTI

Nos pauvres corps blessés ne sont pas des truchements d'amour, des instruments de joie : ils nous séparent, au lieu de nous unir.

TONIO

Comme deux goëlands essorant vers le Ciel, le vrai Ciel, nous allons faire ensemble le voyage infini.

CAVALCANTI

Nous serons le couple incomparable et des saints envié.

TONIO

Ma main fut homicide et m'associe à toi.

CAVALCANTI

Elle te provoqua ! L'absolution a lavé nos deux âmes.

TONIO

Et mon péché m'a rapproché de toi. Hélas! Ce corps que je m'en vais quitter, tu l'as aimé, admiré, te croyant criminel, ce corps d'une beauté maintenant inutile, la terre seule l'étreindra : et la vierge est livrée aux caresses des vers ignobles de la tombe.

CAVALCANTI

N'évoque pas cet atroce regret.

TONIO

O chair calomniée, chair admirable et sainte, étroite compagnonne de notre cœur dolent, dolente comme lui plus que pitoyable....

CAVALCANTI

O toi qui pourriras! Si tu n'es que d'un jour, si tu n'es que d'une heure : glorieux est ce jour et féconde cette heure, rien ne nous vient du ciel que tu ne touches pas.

TONIO

Ce sont les lèvres qui disent l'ineffable avant les mots.

CAVALCANTI

Ce sont les yeux qui lisent les symboles avant l'esprit.

TONIO

Quelle gloire d'avoir connu l'amour en plénitude, amant sans le péché et sans la chair, époux.

CAVALCANTI

Rien ne sera changé à nos tendresses dans la vie éternelle.

TONIO

Tiens... C'est la place de l'époux. Tu hésites ?

CAVALCANTI

Non, je souffre !

TONIO

Je peux sans impudeur t'attirer sur la couche d'où nul encore ne s'est levé. Maintenant, un baiser !

CAVALCANTI

Le dernier, puisque nos lèvres vont blêmir.

(Long baiser).

TONIO

Mon âme n'est plus sur mes lèvres ; mon âme est dans mes yeux... Je vois le paradis vermeil... Voici les neuf chœurs... Es-tu prêt, je ne peux plus rester dedans mon corps.

CAVALCANTI

Attends-moi, Bien Aimée ; ma vie s'obstine....

TONIO

Hâte-toi ! Pour résister à cet appel des anges, combien il faut t'aimer... Oh ! je souffre... Patientez Séraphins... Sans lui, je ne viens pas....

CAVALCANTI

Tu souffres ; n'attends pas, je te suivrai....

TONIO

O penseur, je suis voyante maintenant ; le sexe nous quittera ensemble ; un élu est fait de deux êtres sublimés en un ange.

(Eclat) Nous sommes pardonnés, mes indulgences ont suffi ; des chérubins nous tressent des couronnes et préparent les palmes... Ah ! ma mère me tend les bras, je vais donc la connaître... Le Dante me fait signer de ne pas m'obstiner et que je suis la Béatrice... Je monte... Viens... Suis-moi... Jésus... Marie... Ah ! saint George, merci !

CAVALCANTI

Son corps froidit; son regard ébloui reste fixe! L'âme s'est envolée de sa geôle splendide.

Et moi que fais-je ici?

O stupide liqueur qui me retient encore à la vie... Un céleste reflet l'auréole; elle m'invite du sourire.... Chérubins aidez-moi à mourir, j'entends déjà la musique céleste et cependant je vis? Quel péché me rive encore à ce monde mauvais.

Corps exécré, vil fourreau, rouillé sur la lame je saurai t'arracher! *(Il arrache ses bandages et va mourir sur le corps de Tonio).*

SCÈNE VIII

LE PRIEUR et LES MOINES. — Les moines viennent s'agenouiller.

LE PRIEUR

Sonnez un *lœtare*! Ne pleurons pas, mes frères, deux esprits vont à Dieu, deux âmes de lumière! Anges, recevez-les.

RIDEAU.

LE PRINCE DE BYZANCE

REFUS DE L'ODÉON

DRAME WAGNÉRIEN EN CINQ ACTES

A été refusé, au théâtre national de l'Odéon, le 7 avril 1890, en ces termes, par M. Porel :

MONSIEUR,

La situation de Cavalcanti, qui croit le prince Tonio un homme et qui l'aime « mystiquement » ; celle de Tonio se disant androgyne ou ange ; l'accusation de sodomie lancée par la marquise sur vos deux héros : tout cela ferait votre drame effroyablement dangereux à la représentation. De plus, si étrange, si curieux qu'il soit, il est d'une longueur formidable. Enfin, ce qui est plus grave, je crains bien que le public ne puisse comprendre les sentiments et le langage de vos personnages. Il y a dans votre œuvre du mysticisme, du néo-platonisme, de la philosophie quelque peu ténébreuse, des abstractions... ; de très belles choses qui, à mon avis, effrayeraient la grande masse des spectateurs, à qui je dois songer malheureusement en montant une pièce qui coûterait fort cher.

Pour ces raisons, Monsieur, j'ai le regret de ne pouvoir accepter votre drame le *Prince de Byzance*.

POREL.

LE PRINCE DE BYZANCE

DRAME WAGNÉRIEN EN CINQ ACTES

REFUS DE LA COMÉDIE-FRANÇAISE

A été refusé, au théâtre national de la Comédie-Française le 27 mai 1891, par M. Jules Claretie.

CHER MONSIEUR,

Je ne vous conseille point de présenter officiellement le *Prince de Byzance* aux lecteurs de la Comédie.

Ils vous diraient, après moi, que votre drame romanesque ne serait certainement pas reçu par le Comité.

« C'est mon *Rienzi*, m'avez-vous dit quand vous me l'avez apporté, mon *Rienzi* en attendant mon *Lohengrin*.

Eh bien, dans un drame, toute la musique du monde ne peut remplacer l'action, une action claire, précise, nettement définie.

La forme, quelque précieuse qu'elle soit (précieuse dans le bon sens) ne donne pas la vie aux êtres que le public doit et veut comprendre. Le lyrisme de vos personnages ne remplace pas l'humanité, qui, sur les planches, est la grande et peut-être la seule vertu.

Je ne méconnais pas l'œuvre d'art que vous m'avez fait lire, mais je ne crois guère à la possibilité de la représentation du *Prince de Byzance* sur un autre théâtre que celui que pourrait diriger quelque roi de Bavière.

En France, l'art dramatique ne chevauche pas encore sur un cygne.

Et maintenant, allez-vous encore me trouver le mieux bienveillant des écrivains ? Je crains que non. Mais je suis, de vos lecteurs, le plus attentif et le plus curieux, un des plus dévoués aussi, et je reste cordialement à vous.

JULES CLARETIE.

LA DÉCADENCE LATINE

ÉTHOPÉE

SCHÉMA DE CONCORDANCE

PREMIER SEPTÉNAIRE

I. — **Le Vice suprême, 1884** : diathèse morale et mentale de la décadence latine : *Mérodack*, sommet de volonté consciente, type d'entité absolue ; *Alta*, prototype du moine en contact avec le monde ; *Courtenay*, homme-destin insuffisant, envoûté par le fait accompli social ; *L. d'Este*, l'extrême fierté, le grand style dans le mal ; *Coryse*, la vraie jeune fille ; *La Nine*, androgyne mauvais, ou, mieux, gynandre ; *Dominicaux*, pervers conscients ; caractère d'irrémédiabilité résultant d'une théorie esthétique spécieuse pour chaque vice, qui tue la notion et partant la conversion. Chaque roman a un Mérodach, c'est-à-dire un principe orphique abstrait en face d'une énigme idéale.

II. — **Curieuse, 1885** : phénoménisme clinique collectif parisien. Éthique : *Nébo*, volonté sentimentale systématique. Érotique : *Paule*, passionnée à prisme androgyne. La Grande Horreur, la Bête à deux dos, dans la *Gynandre* (IX), se métamorphose en dépravations unisexuelles ; *Curieuse*, c'est le tous-les-jours et le tout-le-monde de l'instinct ; la *Gynandre*, le minuit goétique et l'exceptionnel.

LE FILS DES ÉTOILES

WAGNÉRIE KALDÉENNE EN TROIS ACTES

DU SAR PELADAN

Refusée à la Comédie-Française le 3 mars 1892 et à l'Odéon le 18 mars

---

CHER MONSIEUR,

« J'ai lu le *Fils des Étoiles*. C'est un poème dialogué d'une belle langue savante, mais ce n'est pas un drame. Je ne crois pas que, continuant sur ce ton, vous puissiez faire œuvre qui rencontre un théâtre pour être présentée au public. Votre pièce est quelque chose comme de la musique littéraire ; elle ne s'adresse qu'à quelques artistes, et je dirai presque à quelques initiés.

« Vous me demandez mon sentiment très net ; je vous le donne. Vous ajoutez qu'il peut être sévère. Non, il ne l'est pas. On a toujours un faible pour une œuvre d'art.

« Croyez, je vous prie, cher Monsieur, à ma sympathie littéraire, et au plaisir que j'ai à lire vos livres, moi qui ai connu Eliphas Lévi, il y a déjà longtemps.

« Très cordialement à vous.

« JULES CLARETIE.

« 3 mars 1892. »

A été représenté pour la première fois aux soirées de la Rose ✝ Croix le 19 mars 1892.

L'Androgyne Elohil a été créé par. . . .	Mlle Marcelle Josset.
Izel.	Mlles Suzanne Avril.
La Courtisane sacrée.	Renée Dreyfus.
L'Archimage d'Ereck.	MM. Maurice Gerval.
Le Patesgi Goudéa.	Relgers.

A été repris au Palais du Champ-de-Mars le dimanche et lundi de Pâques 1893.

III. — **L'Initiation sentimentale, 1886** : les manifestations usuelles de l'amour imparfait, expressément par tableaux du non-amour, qui résulte de l'âme moderne générale, faute d'énormon sentimental chez l'individu.

IV. — **A cœur perdu, 1887** : réalisation lyrique du dualisme par l'amour ; réverbération de deux moi jusqu'à saturation éclatante en jalousie et rupture ; restauration de voluptés anciennes et perdues.

V. — **Istar, 1888** : la race et l'amour impuissants dans la vie moyenne. Massacre nécessaire de l'exception par le nombre, ligue antiamoureuse des femmes honnêtes transposant la pollution en portée de haine.

VI. — **La Victoire du mari, 1889** : la mort de la notion du devoir ; le droit de la femme. Antinomie croissante de l'œuvre et de l'amour ; corrélation de l'onde sonore et de l'onde érotique ; invasion des nerfs dans l'idéal sensation de Bayreuth.

VII. — **Cœur en peine, 1890** : départ d'un nouveau cycle ; *Tammuz* n'y est qu'une voix qui prélude aux incantations orphiques de la *Gynandre ; Bélit*, passive, radiante, y perçoit sa vocation d'amante de charité qui s'épanouira dans la Vertu suprême. Elle y évoque une des grandes gynandres, *Rose de Faventine* (XI). — Roman à forme symphonique, préparant à des diathèses animiques invraisemblables, pour les superficiels lecteurs de M. de Voltaire.

SECOND SEPTÉNAIRE

VIII. — **L'Androgyne, 1891** : monographie de la Puberté, départ pour la lumière d'un œlohite ; *Samas* épèlement de l'amour et de la volupté. Restitution d'impressions éphébiques grecques à travers la mysticité catholique. Clef de l'éducation et anathème sur l'Université de France. La quinzième année du héros moderne, c'est-à-dire du jeune homme sans destin que son idéal; monographie de toute la féminité d'aspect et de nerfs compatible avec le positif mâle.

Stelle de *Sénanques*, étude de positivité féminine, puberté de *Gynandre* normale.

IX. — **La Gynandre, 1892** ; phénoménisme individuel parisien. Éthique : *Tammuz*, protagoniste ionien orphique, réformateur de l'amour ; victoire sur le lunaire. Érotique : usurpation sentimentale de la femme. Grandes Gynandres : Rose de Faventine, Lilith de Vouivre, Luce de Goulaine, Aschera, Aschtoret, personnages réapparaissant de l'*Initiation sentimentale*. L'Habitarelle, la marquise de Nolay, Lavalduc y reviennent aussi, la Nine et partie des dominicaux. En ce livre se retrouve le grouillis de soixante personnages qui fait préférer le I de l'Éthopée aux suivants ; en ce livre aussi, toutes les déformations de l'attract nerveux, les antiphysismes et la psychopathie sexuelle, d'où il découlera que les auteurs récents ont tous touché à cette matière en malpropres et en niais.

X. — **Le Panthée, 1893** : l'impossibilité d'être pour l'amour parfait, sans la propiété de l'or. Amour parfait entre deux œlohites, égrènement des circonstances plus fortes que la beauté et le génie unis par le cœur. Démonstration que l'amour dans le mariage ne peut être tenté que par les riches ou les simples.

XI. — **Typhonia, 1893** : héros, Sin et Nannah : Stérilisation de l'unité par le collectif provincial. Démonstration de la nécessité de la grande ville pour désorienter la férocité de la bourgeoisie française ; sermon du P. Alta sur le péché de haine ou péché provincial.

La province n'existe pas pour la civilisation : le vice lui-même ne la polit pas. Aucun génie ne résiste au face à face avec la province. Envoûtement par le collectif.

XII. — **Le dernier Bourbon, 1895** : la race et l'honnêteté décadentes plus funestes que la vulgarité et le vice. Problème de la politique. La raison monarchique et la *déraison dynastique, en le cas Chambord. Personnages du Vice suprême* : le prince de Courtenay, le prince Balthazar des Baux, Rudenty *(Curieuse)*, Marestan, duc de Nîmes, Marcoux. Peinture du dernier boulevard de légitimité, pendant l'exécution des décrets de l'infâme *Ferry* ; étude des progressions animiques collectives et de l'âme des foules. Horreur de la justice française, billevesées de la légalité. Démonstration que les catholique français sont des lâches, et que l'histoire de ce pays est finie. Dans la chronologie de l'Éthopée, le XII est antérieur au *Vice suprême*. On y voit les débuts de Marcoux, l'élection de Courtenay.

XIII. — **La Lamentation d'Ilou, 1896** : défaite des grandes volontés de lumière : Ilou, Mérodack, Alta, Nergal, Tammuz, Rabbi Sichem, du *Finis Latinorum*. Oratorio à plusieurs entendements. Jérémiades où Alta donne la preuve théologique ; Nergal, psychique ; Tammuz, érotique ; Sichem, comparée ; Mérodack, magique ; Ilou, extatique ; que la Latinité est finie *(sous presse)*.

XIV. — **La Vertu suprême, 1896** : le « quand même » des volontés de lumière, après l'évidence de l'irrémissible damnation du collectif.

Mérodack y réalise tout à fait la Rose ✝ Croix commencée au château de Voulvre (VII. Bélit tient le premier plan féminin avec la plupart des gynandres IX) : Tammuz, Alta, Sichem, Nébo, Paule Riazan, Samas y rayonnent. Les originaux du salut, excentriques de la vertu, poètes de bonté et artistes de lumière : *Aristie future* !

AMPHITHÉATRE DES SCIENCES MORTES

RESTITUTION DE LA MAGIE
ADAPTÉE A LA CONTEMPORAINETÉ, DOCTRINE DE L'ORDRE
DE LA ROSE † CROIX, DU TEMPLE ET DU GRAAL

I

ETHIQUE

Comment on devient Mage ? Méthode d'orgueil, entraînement dans les trois modes pour l'accomplissement de la personnalité : ascèse du génie et de la sagesse. In-8°, Chamuel (2ᵉ édit.), 1891. . . . . . 7 fr. 50

II

EROTIQUE

Comment on devient Fée ? Méthode d'entraînement dans les deux modes pour l'accomplissement de la Béatrice et de l'Hypathia : ascèse de sexualité transcendante, restitution de l'initation féminine perdue. In-8°, Chamuel (2ᵉ édit.), 1892. . . . . 7 fr. 50

III

ESTHÉTIQUE

Comment on devient Artiste et Ariste, ascèse de la sensibilité et théorie magique du beau et de sa perception. In-8° de 370 pages. 1893. Chamuel. . . 7 fr. 50

IV

POLITIQUE

Le Livre du Sceptre, traité de sociologie et magie politique. Démonstration de la Théocratie et diagnostic de la décadence latine, d'après une nouvelle philosophie de l'histoire et l'application analogique des lois physiques à la vie athénique. In-8° de 370 p. 1894. Chamuel. 7 fr. 50

Les XI Chapitres mystérieux du Sepher Bereschel (Genèse version Rosecrucienne de Sâr Peladan. 1 vol. sur papier solaire, à la *Librairie de l'Art indépendant*, rue de la Chaussée-d'Antin. . . . . 3 fr.

PREMIER VOLUME DES

TEXTES ROSECRUCIENS

LE SECOND EST CONSACRÉ A

LA BAGHAVAD-GITA

Traduction d'ÉMILE BURNOUF

A la librairie de l'art indépendant. . . . 2 fr. 50

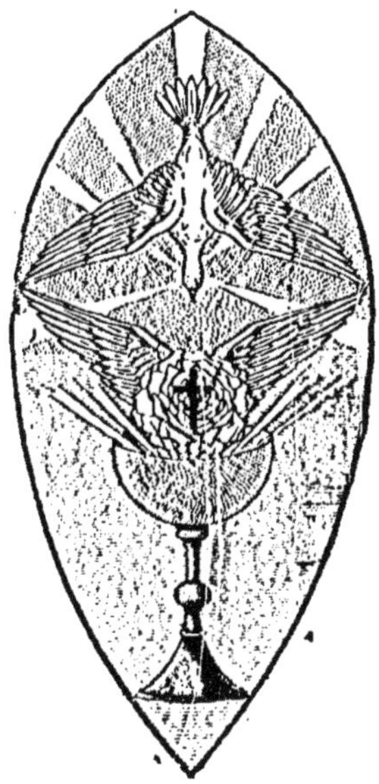

www.ingramcontent.com/pod-product-compliance
Ingram Content Group UK Ltd.
Pitfield, Milton Keynes, MK11 3LW, UK
UKHW031908260826
14628UKWH00003B/1068

9 782019 228705